# 貞子DX

鈴木光司　世界観監修
高橋悠也　脚本
牧野 修

角川ホラー文庫
23340

# 目次

# 零ノ参

壁際に祭壇然として置かれているのはブラウン管テレビだ。モニター画面のサイズよりも厚みの方が大きい。絶滅間近の恐竜のように、無骨で馬鹿でかい。実際このブラウン管テレビは、この時から数年後にはほとんど消え去った。

テレビから赤、黄、白の3ピンケーブルが血管のように延びて、板の間に直接置かれたビデオ再生機に繫《つな》がれている。

作務衣《さむえ》を着た男がその前に胡坐《あぐら》をかいていた。手に弁当箱ほどの大きさの箱を持っている。それはVHSビデオテープだ。モニターと同様、嵩張《かさば》る図体《ずうたい》をしている。なのに記録できる情報量はDVDディスクとも比べ物にならないほどわずかだ。まともな画質を望むなら一本のビデオで三時間が限度だった。しかもその画質にしても褒められたものではない。画素数が少なくエッジがあまい。4Kの画質に慣れた今の目では、見られたものではない。

男はそのテープをビデオデッキに入れる。

テープを送り込んでいるのか、ガチャガチャと機械音がうるさい。

やがて『再生』の文字がモニター上《うえ》の隅に小さく浮かんだ。

ザーッとビデオ特有のノイズが画面を埋めた。その音がまるで激しい雨音のように聞こえる。

サンドストームと呼ばれる白い粒子が画像を乱す。退色したのか全体がモノクロのようだ。荒れた画像の向こうに揺らめく草のようなものが見えた。輪郭がギラギラした光に滲《にじ》み周囲の粒子に溶け込んでいる。

はっきりとはわからないが、どうやら水の中が映されているようだ。

あっ。

男が声を漏らす。

目を細め、モニターに顔を近づけた。

コケだらけの石壁に、生白い何かが貼りついた。

手だ。

ふふ。

男は笑いを漏らした。

――まだ使える。

呟《つぶや》くその声が笑いを含んでいた。

手を伸ばしデッキの停止ボタンを押す。

——これは面白くなるぞ。
薄い唇が笑みの形に広がった。
電源が落ち暗くなったブラウン管に、男の顔が映る。
一瞬、それが怪物じみてぐにゃりと歪《ゆが》んだ。

# 輪の章

## 1

昨日は飲み過ぎて、起きたのはついさっき。今日もちょっとばかり贅沢《ぜいたく》してやろうと、たまに行く少しだけ値の張るファミレスへと入っていった。気持ちに余裕があるとメニューを見るのも楽しい。悩んだ挙句ステーキとハンバーグにラーメンという、大金を持った部活帰りの中学生みたいな注文をした。

昨日のバイトで思った以上のバイト料をもらったのだ。

心理学の実験だと聞かされて少しびくびくしていたのだが、実験は午前中にあっさりと終わった。薬を飲むわけでも頭に電極をつけるわけでもない。ただ録画映像をモニターで見るだけだ。あんなことで金がもらえるのなら何度でもやりたい。

注文したものはあっという間に食い終わり、追加でデザートを注文した。懐に余裕があるということはいいもんだ。

皿が片付けられ、デザートが運ばれてくるのを待つ。

何とはなしに外を見た。

道路に面した側は大きな一枚ガラスだ。

人通りはあまりない。

だから広い道路を挟んで向こう側に立っている女に気が付いた。信号待ちをしているのかと思ったが、そうではなさそうだ。すでに信号は何度か青になっている。それでも女はそこに佇《たたず》み、首を傾げこちらを見ている。

まさか……。

俺はもう一度その女をよく見る。

間違いない、あいつだ。名前はもう覚えていないが、顔はよく覚えている。怯《おび》えた猿みたいな顔だ。あいつは高校の時の同級生だ。だがあいつがここにいるはずがない。いや、ここであろうとどこであろうとあいつがいるはずはない。三年生のときあいつは俺に付き合ってくださいと告白した。で、それを断ったその晩、近所の神社で首を縊《くく》って死にやがった。ひどい当てつけだと当時は腹が立った。だから通夜にも葬儀にも参加していない。その後友人たちにからかわれ、女殺しとシャレにならない綽名《あだな》を付けられ、それで終わった。大学に入ったころにはすっかりそんなことを忘れていた。

その女がそこにいる。

いや、そんなことはあり得ない。あいつは死んだ。あれはあいつに似た誰かだ。

じっと見ていたら目が合った。

かなり離れているが、目が合ったことははっきりと分かった。

女が何か言った。

その時また信号が青になった。

女が急に近づいてきた。

傾げた首が赤ん坊のようにグラグラと揺れる。

まっすぐファミレスの大ガラス目掛けて駆け寄ってくる。

俺は思わず腰を浮かせた。

女がぺしゃりとガラスに激突した。

そのまま顔面をこすりつけるようにして何かしゃべっている。

着ている白いワンピースは一度泥に浸《つ》けて乾かしたかのように黄ばんで汚れていた。

そしてようやく気が付いた。首を傾げているのではない。首が折れているのだ。これ以上ないぐらいの角度で首は横に曲がり、頬が肩にぺたりとくっついている。

そうやっている女の、ガラス一枚挟んで真正面にいる三人の中年女性は、笑いながらテーブルで食事を続けていた。

見えていないのか。

俺は声に出して呟いていた。

女はガラスに額を押し付けしゃべり続けている。

俺の席からもすぐそこだ。顔がはっきりと見えている。額が狭くくぼんだ目がいつもおどおどとしていた。間違いない。あいつだ。だが確かにあいつは死んだのだ。友人たちはみんな葬儀に出かけていた。死んだのは間違いない。そして目の前の女があいつであることも間違いない。思い出した。この中途半端な膝丈《ひざたけ》の白いワンピースは、一時俺の家の前にへばりついてストーカーをしていた時に着ていた服だ。あれから十年経っているのに、顔も身体も、何もかもが高三の時のままだ。

ガラスに水滴がついている。

それまであいつに気をとられて気づかなかったが、びっしりついた水滴がたらたらとガラスを流れていく。

雨か？

そう思ったが、濡《ぬ》れているのはあいつの前のガラスだけだ。

流れる水滴に、とうとう向こうが見えなくなっていた。

ひっ、と声が漏れた。

冷たいものが首筋にあたったのだ。

手で触れると濡れている。

見上げると天井にびっしりと水滴がついていた。それがぽたぽたと雨のように落ちてきているのだ。

「水が漏れて……」

店員に言おうとして、ガラスの水滴が消え向こうの女もいっしょに消えていることに気が付いた。

嫌な予感がした。

濡れ雑巾《ぞうきん》を叩《たた》きつけたような音がして、何かが落ちてきた。

濡れた布と髪の毛が混ざったようなそれは、ぶるぶると震えながら立ち上がった。

それは人の形をしていた。

長い髪の隙間から血走った目が覗《のぞ》いた。

それはまっすぐ俺を見ていた。

逃げなきゃいけないよな。

他人事《ひとごと》のように俺は考えていた。

腰を浮かせたままの状態で動きが止まっていた。

とりあえず立ち上がった。伝票を摑《つか》む。あいつはがくがくと身体を震わせながら立っている。今のうちだ。

俺は速足でレジに向かい、金を払って外に出た。刺すような晴天に目を伏せた。眩《まぶ》しく、肌に暖かい。そのいつもとの変わらなさに鳥肌が立った。

これは夢でも何でもない。

現実だ。

そこでようやく恐怖が俺に追いついたようだった。気が付けば俺は走っていた。もしかしたら悲鳴を上げていたかもしれない。何も覚えていない。とにかく俺は全速力で走った。走る背中に恐怖そのものがへばりついているような気がした。足が空回りしている。走っても走っても進まない悪い夢のようだ。

後ろを振り返る勇気はなかった。

気が付けば俺のアパートに着いていた。映画のように鍵《かぎ》がなかなか差さらない。鍵を両手で支え、ようやく鍵穴に突っ込めた。

錠を開く。

中に飛び込み扉を閉め錠をかけると、その場に座り込んでしまった。必死で走ったせいで、足ががたがた震えて力が入らない。立とうとしたができなかった。もちろん歩くこともできない。仕方なくずるずると這《は》って部屋の奥までたどり着いた。それでどうなるものでもない。それでもただ扉から離れたかったのだ。

壁に背中をつけ、しばらく扉をじっと睨《にら》んでいた。こんな時なのにくだらないことばかり頭に浮かぶ。あの時ファミレスで最後に注文したティラミス&プリンはどうなったんだろう、などと本当にどうでもいいことを考えていると、どんどんとドアを叩く音がした。

叫びそうになって口を押さえる。慌てて立ち上がろうとして尻餅《しりもち》をついた。まだ足が動かなかったのだ。

ドアノブがガチャガチャと音を立てる。錠をかけ忘れたのではないかと不安で仕方ない。
息を詰め、胎児のような姿勢でじっとしていた。
と、ゆっくりと錠が開いていくのが見えた。心臓の鼓動がうるさく聞こえる。
たすけて、と自分でも情けなくなるほど小さな声が出た。
冷たいものが首筋に当たった。指で触れる。濡れていた。
天井を見上げる。
くすんだ灰色の壁紙に、水滴がついている。
もう駄目だ。
目をぎゅっと閉じた。
見なければダイジョブ。
自身に言い聞かせる。
ぐしゃりと湿っぽい音がした。
濡れた雑巾を床に叩きつけたような音。
そして、ぺた、ぺた、と足音が聞こえてきた。
我慢できなかった。
俺は顔を上げてそいつを見た。
それは不自然な姿勢でそこに立っていた。
首は元に戻ったのか、まっすぐ前を向いている。長い黒髪が顔を隠している。その頭を左右にぶるぶると振り始めた。

髪がぞわぞわと伸び、増えていく。

ごめん。

一言口に出すと、止まらなくなった。

ごめんよ。そんなつもりじゃなかったんだ。いや、ほんとは好きだったんだよ。好きだったけど、ほら、あの頃は他にも好きな子がいてね、だからどうしようもなかったんだ。今なら絶対君を選ぶよ。間違いないよ。だって、ほんとは好きなんだから。ああああ、ごめんなさい。ごめんなさい、ごめんなさいごめんなさいごめんなさいごめんなさい。

＊

連絡がつかないと両親が男のアパートにやってきたのは五日後。男は玄関扉を背で押さえるように座り込み、そのままこと切れていた。死因は急性心不全。その顔は恐怖に歪《ゆが》み、顎《あご》が外れるほど口を開き、声もなく絶叫していた。あまりの変わりように、葬儀では一度もその顔を晒《さら》すことがなかった。

これが全国へと拡大していった原因不明の突然死の始まりだった。

## 2

一条文華《いちじょうあやか》は夢を見ない。

だから今見ているのは夢ではない。

目覚める直前の黎明《れいめい》の意識に挿し込まれるそれは《記憶》だ。

昔を思い出しているのだ。恐るべき鮮明さで。

夜だ。

空気は乾燥し、肌寒い。

それはかつて彼女が家族と暮らしていた街。どこにでもある郊外の住宅地。そして最初の記憶の場所。決して忘れることのない記憶の、始まりの場所。

見上げれば大きな月が青白く輝いている。

いつもならもうとっくに眠っている時間だった。

すぐ横に母親の智恵子《ちえこ》がいた。見知らぬ人たちと話し込んでいる。そこにいる誰もが黒い服を身に着け、その服にふさわしい陰鬱《いんうつ》な顔と声でぼそぼそと話をしている。母親たちにしてもそうだ。眉《まゆ》を顰《ひそ》め、まだまだ若いのにと目頭を白いハンカチで押さえる。

家の中からは時折振り絞るような泣き声が聞こえた。

何か特別な夜であることは五歳の文華にも理解できていた。

そして今の目でそれを見ればはっきりとわかる。

通夜が行われているのだ。

それだけではない。亡くなったのが女子高校生であることも、死因が急性心不全であることも、今の彼女にはすべてわかっている。

若者の死は傷ましい。弔問客も涙を堪《こら》えきれない者が多い。沈痛な気配が辺りを支配している。が、五歳の幼女に忖度《そんたく》はできない。

厳粛なようで、どこか浮足立っているこの場の雰囲気に、文華は見知らぬ祭りに参加しているようなある種の高揚を感じていた。その気分もまた、リアルに彼女の中に再現されている。

文華はいつしか智恵子の手を離れ、弔問客の中をうろつきまわり始める。その間に見聞きしたものは、すべて文華の頭の中に記録されていく。

故人の友人たちのそばで立ち止まった。彼女たちは蟻の群れに似て、額を突き合わせるようにして囁《ささや》く。囁く言葉は聞こえないが、その口の動き一つまで、目の前で見るように記憶されている。紙片を渡している少女がいる。暗号のような文字が見えた。電話番号を渡しているのか。それぞれに物語を秘め、高校の制服を着た彼女たちは一様に不安そうだ。得体のしれない何かを恐れているのだ。その恐怖が、彼女たちの身体から汗のように滲《にじ》み出ている。

伊豆《いず》旅行・ビデオ・みんな死ぬ・呪い・広がっていく。

言葉の断片が文華の耳に入ってくる。

そのどれもがひどく穢《けが》れているように思えた。当時の文華にも、今の文華にも。

ずん、と心が沈む。

そこから彼女を救い出すように、別の記憶が蘇《よみがえ》った。

文華が六歳の時だ。

夏祭りの夜。文華は父の義行《よしゆき》に連れられ近所の神社にやってきていた。ずらりと並んだ出店をひやかしながらぶらぶら歩いている。生まれて間もない妹の双葉《ふたば》は、家で母親と留守番だった。

さっきまで金魚すくいをやっていた。が文華は金魚をいじめているような気がしてきて、その場を離れた。義行は何も言わずついてきてくれた。

何度か同級生と会ったが、会釈すらしていない。向こうから話しかけてきても黙ってうなずくだけだ。父親と二人で遊べるのが嬉しいのだ。その邪魔をされたくなかった。

義行に手を引かれ、二人は神社を出た。すこし離れると公園がある。街灯はあるがそこかしこから闇が押し寄せ薄暗い。境内の人混みが嘘のように静まり返っていた。よく見ると浴衣《ゆかた》姿の男女が何組かベンチに腰を下ろしていた。その内の何人かが義行の顔を見るとこそこそと公園を出て行った。義行が勤める高校の生徒たちだろう。

街灯の下で義行は立ち止まった。文華はその顔を見上げる。まだ若い父親の、優しそうな笑顔。今から三年前、交通事故で亡くなるまで義行はずっと高校の国語教師をやっていた。忙しい仕事の合間を縫って義行はいつも文華と遊んでくれた。

「先生としてはいろいろと注意しなきゃならないんだろうが……今日ぐらいはいいか」

うん、と文華がうなずくと、義行は「お祭りだからね」と付け加えた。

「では問題です」

ニコニコ顔で文華が言う。

「はいどうぞ」

倍の笑顔で義行が促す。

「夜ふけて、天使がひとりあるいてる」

歌うように文華が言う。どうやら詩の一部のようだ。

「天使の足のふむところ、かはりの花がまたひらく、あしたも子供に見せようと」

言いおわると同時に義行が言った。

「金子《かねこ》みすゞの『草原の夜』」

「正解」

文華は悔しそうだ。

「じゃあ、次はお父さんの番だな。

はやり眼のやうな
月が
ぼんやりと街の上に登りかけた

若い娘をそとへ出しては
みにくく――」

「尾形亀之助《おがたかめのすけ》、『月を見て坂を登る』」

「おいおい、短い詩なんだから最後まで言わせてくれよ」

「ダメ、今度は私ね。

少年は聞いている、なよやかな花蜜《かみつ》のかおり薄紅《とき》いろの姉たちの恥じらいがちな――」

「そこまで。堀口大学《ほりぐちだいがく》訳のランボー『虱《しらみ》さがしの娘たち』。小学一年の読む詩じゃないだろ」

「尾形亀之助もどっこいだと思うけど。それならこれで勝負だ」

「ちょっと待てよ。次はお父さんの番だろう」

それを無視して、文華は次の詩を語る。

「『運命』早くも僕を押し込めた
測り知れないほど寂しいここは窖《あなぐら》」

「……堀口大学つながりでボードレールだよね」

文華は視線をそらせてニヤニヤ笑うだけだ。

「……駄目だ。思い出せない。ヒント頂戴《ちょうだい》」

「新潮文庫版『悪の華』の八十六頁」

何も見ずに文華は言った。頁数も何もかも、一冊がそのまま彼女の頭の中に入っているのだ。

「無理だ。降参」

文華はガッツポーズをつくって、言った。「正解は『或《あ》る幽霊』。惜しかったけど、残念。一条文華の勝利です」

再びのガッツポーズ。

「何回やっても文華には勝てないな」

そう言って義行は急に真剣な顔になった。文華の目をじっと見つめる。

「お前は賢い。お父さんよりもお母さんよりも、世界中の誰よりも賢い」

いつになく真剣な顔だ。

「いきなり何を言ってるの」

照れたのか、怒ったように文華はそう言った。

「お前は巨大な図書館だよ。そしてその有能な司書でもある。世界は丸ごと君の頭の中にあるんだよ」

父親は文華の前に膝《ひざ》を突き、両肩に手を置いて言った。

「文華はお父さんの誇りだ」

「あ、ありがとう」

戸惑いながら文華は言った。

「群れる鳥は、ちょっとでも毛色の違った鳥が入ってくると嘴《くちばし》で突《つつ》いて追い出すんだ。

哀しいことだが人も同じだ。文華、強くあれ。毅然《きぜん》として一歩前に踏み出せば、いずれ世界が君にひざまずくさ」

ほんとうかなあ。

ベッドの中で目を開き白い天井を見上げて、文華は呟《つぶや》いた。起きる寸前、時折記憶が鮮明に蘇ることがある。寝起きの朦朧《もうろう》とした頭では、それが現実なのかただの記憶なのかしばらくの間区別がつかない。最近、同じ記憶ばかりが蘇る。ひとつは、彼女の記憶が人とは異なることを知った時の記憶。それは母智恵子に連れられて行った通夜の晩の情景。そしてもうひとつは、夏祭りの夜の父親との記憶。どちらも今起こったことのように思い出すことができる。彼女は見たこと聞いたこと体験したことすべてを覚えている。あの通夜の夜の情景以降のすべての記憶が何もかも彼女の頭の中に納まっているのだ。

彼女は超記憶症候群《ハイパーサイメシア》だ。見たこと聞いたこと感じたことがすべて記憶として残され、忘れることは決してない。これを病気としてみるかどうかは難しい問題だ。だがこれを単純に特殊な能力として捉《とら》えるのは間違っている。症例数は非常に少ないが、そのほとんどは消えない記憶に悩まされる。人によってはまともな日常生活さえ送れなくなる。人は知識の総量を見て彼女を天才と呼ぶが、実はそのこと自体は禍《わざわい》でしかないのだ。

文華が真の意味で天才であるのは、消えない記憶に振り回されない類《たぐい》まれな理性と知力を持ち合わせているからだ。

溜息《ためいき》一つついて文華は身体を起こした。目覚まし時計が合わせた時間になる直前にベルを止める。いつもベルの鳴る寸前に目覚める。ベルを鳴らすことは滅多にない。

洗面所で顔を洗い歯を磨く。居間からアナウンサーの声が聞こえている。

——現在、全国各地で原因不明の突然死を遂げる不審な事例が相次いでおります。死因の多くは急性心不全によるもので、これらが相互に関連があるのかも含め、原因の解明が急がれます。

あまり早朝から聞きたいニュースではない。が、これは今日文華が出演するワイドショーでも取り上げられる事件だ。マスメディアでもネットでも、今日本で一番ホットな話題がこれだろう。

服を室内着に着替え、真っ先に仏間に向かい、仏壇に手を合わせる。

「お父さん、おはよう」

家族写真の中の義行に声をかけた。

仏間とダイニングルームは襖《ふすま》で仕切られているのだが、父親が一人だと寂しがるからといつも開きっぱなしだ。

ダイニングに入ると、カウンターの向こうで智恵子が朝食の準備をしながら訊《たず》ねた。

「今日の仕事は午後からじゃなかったっけ」

「お母さん、おはよう。その前に授業があるの。それから直接テレビ局へ行くつもり。夕飯ははらぺこの双葉に合わせて先に済ませておいて。私は間に合わないと思うから」

喋（しゃべ）りながらテーブルに着いた。真正面に大きな液晶テレビがある。モニターの中では朝のニュースが続いていた。

「毎日ほんとに忙しいわね。きちんと休憩も取らなきゃだめよ」

文華の前にふわふわの卵とレタスを挟んだホットサンドが出てきた。付け合わせはカリカリに焼いたベーコンが入ったポテトサラダだ。

「仕方ないでしょ。何しろ天才美人女子大生はあちこちで引っ張りだこなんだから」

後ろからそう言ったのは妹の双葉だ。文華の隣に腰を下ろす。

間髪を容《い》れず、文華と同じ皿が前に並んだ。

「どひゃあ、うまそ」

ポテトを指で掬《すく》って食べる。

「何ですか、お行儀が悪い」

それには答えずうめえと羊のように鳴いて、

「智恵子、ぐっじょぶ」

親指を立てた。

「当然」

そう言って智恵子はにっこり笑う。

文華はタブレットを取り出してポテトの皿の横に置いた。画面に映っているのはSNSのサイトだ。それを〈#突然死〉で検索する。

「お母さん、天才美人女子大生が食事中にタブレット見てますよー。いいんですか」

双葉が騒ぐ。

「良いのよ、文華はお仕事なんだから」

「え〜、え〜、お姉ちゃんだけずるいよ〜。あたしがスマホ見てたら怒るじゃない」

じゃない、の辺りでホットサンドに手を出して口の中に突っ込んだ。

「あなたは遊びでしょ」

母親に言われ何か反論するのだが、リス並みに口の中にホットサンドを詰め込んでいるので何を言っているのかさっぱりわからない。

いつもの朝の情景だ。

心から美味《おい》しそうに食べる双葉を幸せそうな顔で見て、文華はタブレットの操作を続ける。画面を検索に引っかかった投稿が流れていく。

──知り合いも犠牲になった。マジなんだ。

──二十年前に似た事件があったよね。

──人類滅亡。終わりの始まりか。

一つの投稿に目が留まった。

──例の突然死の件。呪いって説もありえるのでは。

投稿者は感電《かんでん》ロイド。最後にはリンクが示されていた。ロイドとは何度かSNS上でやり取りをしたことがあった。自身は天才ハッカーと称している。天才かどうかは知らないが、文華の知らないような知識（主にネット上の怪しげな知識だが）も豊富でコメントも面白い。

呪いか……。

小声で呟くと、即座に双葉が反応した。

「ノロイって言われても、お姉ちゃんの方がずっとノロイじゃない」

「あっ、鈍《のろ》いじゃなくて呪い」

「だから鈍くないってば。お姉ちゃんこそ全然食べてないじゃん。もうちょっと急いでよ」

双葉の皿にはもう何も載っかっていない。

「お姉ちゃんにはあたしを学校まで送るという大事な仕事が待ってるんだから」

「はいはい、わかりました」

文華はタブレットから目を離し、そそくさと食事を済ませた。

3

かなり年季の入った国産のコンパクトカーを運転するのは文華だ。助手席には双葉が乗っている。

「ねえ、車替えようよ」

双葉が文華の肘《ひじ》を摘《つ》まんで言う。

「そんな贅沢《ぜいたく》はできません」

「だってこれお父さんの乗ってた車だよ。しかもお父さん、乗り換えたいって言ってたよ」

「言ってたね。でも駄目」

「でも」

「しっ」

双葉が喋りかけたのを止め、ラジオの音量を上げる。

——全国で突然死の被害が出ているわけですが、轟《とどろき》先生はどのようにお考えですか。

——あくまで憶測ですが、この伝播《でんぱ》の仕方を考えますとね、疫病じゃないかと。

文華が舌打ちをする。

——疫病、つまり伝染病ということですか。

——ええ、新種のウイルスの可能性も否定できませんね。そうであるなら政府の対応は早ければ早いほどいい。

「誰よ、この轟先生って。なんの先生よ」

苛立《いらだ》った声で文華が言うと、双葉はすぐに返事をした。

「お笑いの人。ピン芸人で、元看護師で、最近はお笑いよりもこういうところでコメント言う方が多いみたい。駄目なの？　何かおかしいの？」

「まだ何もわかっていないのに伝染病だなんて軽率が過ぎる。下手に医療関係者ってのも問題だよ。パニックが起きたりしたら責任取ってくれるわけじゃないよね。いざとなったら芸人の言うことだからって逃げるつもりでしょ」

「意外」

「何が」

「お姉ちゃんも同意見だと思ってた」

「同意見って?」

「ウイルス説。科学的じゃん」

「なんの根拠もない意見はただの感想。科学者はそんな無責任なことを言いません。はい、到着」

双葉の通っている高校の少し手前で車は停まった。

「行ってらっしゃい」

車を降りた双葉が振り返って手を振る。

「お姉ちゃんも頑張ってきてね」

そう言うと、級友を見つけて駆け寄っていった。その姿を笑顔で見送ってから車を発進させた。その間に笑顔の残りが溶けるようにゆっくりと消えていく。文華は双葉をまるで我が子のようにかわいがっていた。妹は彼女が生きていくための糧だった。

双葉の高校から文華の大学までおおよそ二十分かかる。文華は某国立大学の生命科学研究科の院生だ。将来はこのまま教授になるつもりだった。コメンテーターとしてマスコミに出てはいるが、それは純粋にお金のためだった。父親が路上に乗り上げてきた車にはねられ急死したのは三年前。家のローンもまだまだ残っている。双葉は今年大学受験だ。母親は近所の学習塾で数学を教えている。が、それもお小遣い程度の稼ぎにしかならない。理系の院生は忙しく、ろくにバイトもできない。マスコミの仕事は非常に効率のいいバイトなのだ。

今日も昼過ぎからテレビ局に向かわねばならないのだが、その前に大学で授業を一コマだけ受ける。それが済むと、師事している教授が進めている生物学的相分離制御異常のメカニズム解析チームと共に、プレスリリースのための会議に参加する。余ったわずかな時間で、今日出演するワイドショーのための資料をまとめて図書室で読み通す。一度読めばすべて頭の中に入る。とはいえ最低限資料を読むための時間は必要で、結局遅めの昼飯は近所のコンビニで買った焼きそばパンで済ませてテレビ局へと向かう。

局の駐車場から目的のスタジオに向かうまでに、全身に包帯を巻いた青年とケンタウルスの着ぐるみの男とすれ違い、絵に描いたようなひらひらのアイドル衣装を着た少女と気仙沼《けせんぬま》の観光キャラクター・ホヤぼーや（着ぐるみの幅が廊下の半分を占める）とぶつかりそうになり、慌ただしく廊下を行き来するＡＤに局アナに、その他見知ったスタッフににこやかに挨拶《あいさつ》をしていると、番組プロデューサーを見つけ「おはようございます」と頭を下げた。

「おはよう文華ちゃん。昨日のクイズ王見たよ」

痩《や》せた小さなプロデューサーはやたら声が大きい。

「優勝おめでとう。さすがにIQ200だよね～」

その数値は幼稚園での検査結果で、と頭の中にいろいろと言いたいことが浮かぶのを抑え込んで満面の笑みで「ありがとうございます。ただ運がよかっただけですよ」と答えると、「さて問題です。世界一髪の毛が長いギネス記録保持者の長さは？」といきなりの質問があったのだが間髪を容《い》れず「七メートル九十三センチ」と答える。

「お～正解！　さすがIQ200」

やはり大きな声で感嘆するプロデューサーとの間に割って入ったADが「やっぱりすごいっすね。あっ、楽屋こちらです」と先導して歩き始める。失礼しますとプロデューサーに一礼してついていくと、一条文華の名前が掲げられている楽屋へ。慌ただしく早口でこまごまとした段取りを説明してADが出ていくと、文華はスタイリストが用意している服に着替えた。ネイビーのパンツスーツだった。これ見よがしではないが、それでも素人目にも上質のウールが使われていることがわかるブランドものだ。幼い顔立ちの自分には合わないような気もするが、まず用意された衣装に文句を言うことはない。ノックの音がして「失礼します」とヘアメイクが入ってくる。いつも文華のメイクをやってくれる女性だ。プロの手で、高画質でアップになっても堪えられるタレントの顔へと変わっていく。完成してようやく文華にもスイッチが入った。ここではIQ200の天才美人女子大生という役を演じなければならないのだ。遠慮や謙譲謙遜《けんそん》はごみ箱に捨てて、傲慢《ごうまん》なぐらい強気の女であらねばならない。そんな部分が己にないわけではないが、半分以上はフィクションの一条文華だ。

すぐにさっきのADが迎えに来た。先導されスタジオへと入っていく。

「一条文華さんが入られます！」

ADが声を張り、スタンバイしたスタッフたちの視線が集まった。

「よろしくお願いします」

一礼して番組のセット、コメンテーターの席へと向かった。花嫁に祝福の米粒を撒《ま》くように撮影スタッフから次々に「お願いします」の声が掛かる。

じゃあこちらへと促されてコメンテーターの席に着いた。

隣の席では和装の男が音響スタッフにマイクをつけられていた。無地の紬《つむぎ》に縞柄《しまがら》の羽織。和装慣れした自然な着こなしだ。年齢以上に貫禄《かんろく》を感じさせる。

「一条さんですね」

「ええ」

文華が頷《うなず》くと、男は柔和な笑みを浮かべて言った。

「はじめまして。スピリチュアルカウンセラーをやっております、ケンシンと申します。よろしくお願いします」

物腰が柔らかく、所作に品がある。

「一条文華です。よろしくお願いします」

「IQ200なんですよね。すごいなあ。知性のオーラが黄金色に輝いて見えますよ」

「200は幼稚園で計測したものです。大学入試のときの知能指数検査では164でした。いずれにしてもIQというものは障害の有無を判断するのには役に立つでしょうが、それが直接人間の知力や賢明さというようなものの評価につながるわけではありません。要するにただの数字ですよ。いい歳をした大人が高校の時の模試の偏差値を自慢したら滑稽《こっけい》以外のなにものでもないでしょ」

ケンシンは楽しそうに笑いながら言った。

「面白い人ですね。本番が愉《たの》しみだなあ」

「私が面白い人だとは思えませんが」

それを聞いてケンシンがまた笑う。

文華は笑みを浮かべ、笑わない眼でケンシンを見た。

ケンシンの後ろに立っていた中年の女性が一歩前に出てきた。

「わたくしケンシンのマネージャーをやっております、間宮瑞江《まみやみずえ》と申します」

名刺を差し出した。

「よろしくお願いします」

それを受け取り挨拶をする。笑みは絶やさない。

「お手柔らかにお願いしますね。ケンシンはこう見えても繊細な男でして、非常に打たれ弱いので」

「瑞江さん、そんなことを言わなくていいよ」

ケンシンが困り顔で言った。

今のところどう見ても〈良い人〉だ。容姿も整っているし性格も良さそう。しかもどこか神秘的な雰囲気を漂わせている。心の問題を相談するのならこれ以上の人物はいない。だから……文華は彼を信じ切れなかった。我ながら歪《ゆが》んだ性格だとは思う。

本番入ります、の声がした。周囲からスタッフが一斉に姿を消す。

照明が落ち、中央に座った司会者にスポットライトが当たった。司会者はこれ以上ないほど深刻そうな顔でカメラを見つめる。

「あなたが信じようが信じまいが、事件は今起こっている！　というわけで次は現在進行形で起きている事件です」

画面がVTRに替わる。

全国各地で起きている原因不明の突然死のことを簡潔に、しかしセンセーショナルに説明した。終わるとすぐにスタジオにカメラが切り替わった。その時には照明が元に戻っている。

「この謎の突然死。ネットでは半ば都市伝説として噂が飛び交っているようですが、その真実は果たして。本日はお二人のコメンテーターにお越しいただきました。スピリチュアルヴァイオレットNo.1、ケンシン先生と、ＩＱ２００の現役女子大生、一条文華さんです。よろしくお願いします」

二人がそれぞれにお辞儀をする。

「早速ですが一条さんは呪いとか信じます？」

なるほど最初からこっち方面で話を進めるつもりか。文華の頭の中で、話すべきあれこれが、めまぐるしく飛び交い構築されていく。そしてすべてがまとまる前に、文華はもう話し始めていた。

「呪いって信じるとか信じないとかの対象ではないんですよ。それは現に太古から存在している、誰もが認める事実です。ではその呪いっていったい何なのか。それが一番重要なことだと思いますよ」

モニターには喋る文華の下に『IQ200 現役女子大生 一条文華』のテロップが出ている。

「では存在そのものは信じてらっしゃる」

言ったのはケンシンだ。

「私はキリスト教というものが存在することを否定はしません。そしてそれがどういうものか、ということには興味がある。だからと言ってそれがキリスト教を信じることを意味しているわけじゃないですよね。信じる信じないの問題じゃないというのはそういうことです」

「なるほど。なるほど」

司会者はうなずきながら話題を進めた。

「先日、SNSのトレンドワードに突如出現した〈呪いのビデオ〉なんですが、それを観た人が謎の不審死を遂げてしまうという投稿が相次いでいるようです」

「〈呪いのビデオ〉という噂の出所はどこなんですか」

訊《たず》ねたのはケンシンだ。

「それなんですが、お二人とも闇サイト、ご存じですよね」

「いわゆるダークウェブですね。専用のブラウザを必要とする匿名性の高いネットワーク空間。すべてがそうではないでしょうが、非合法なものを売買したりするところもあるという噂ですね」

文華が言うと、すぐにケンシンが話に入ってきた。

「あっ、ただの噂じゃないですよ。実際〈シルクロード〉という、違法薬物なんかを売買するサイトが二〇一三年十月に摘発されています。もちろんそれで終わりではなく、今もダークウェブは存在している」

ケンシンの下に『芸能人御用達《ごようたし》のスピリチュアルカウンセラー Kenshin』のテロップが出た。

「ケンシンさん、そうなんですよ。これはうちのスタッフが調べたんですが」

アシスタントの女性がフリップを出してきた。

「とある闇サイトで、こんなことが行われていたんですね」

サイトのスクリーンショットが引き伸ばされて貼り付けてある。投稿画像だ。出品者が写真付きで商品を紹介している。

「これがそれです」

司会者が指示棒で一つの出品物を指した。そこに写っているのは一本のビデオテープだ。タイトルなどを書き込む部分の紙が汚く剝《は》がされている。出品名は『呪いのビデオ』。

「これが出品者です」

奇妙な紋章のアイコンを指す。

「アカウント名は『井戸の住人』です」

ビデオテープの画像にはすでに赤くSOLDの文字が載っていた。

「これは噂でも何でもないです。実際に出品されていました。取材班がなんとか連絡を取ろうとしたのですが、もうこのアカウントは消されていました。ですが、これ、モノがビデオテープですから、簡単に複製をつくれますよね。もしコピーガードがあったとしても、ダビングなど簡単にできる。そのため一部のマニアの間でビデオのコピーが売買されて広まっていったようなんですよね」

司会者の説明に、ケンシンは「困ったことだ」というポーズをとった。

「これが最近の突然死と何らかの関係があるのではないか。ケンシンさんはそう思われているんですよね。これ、放っておいていいもんなんでしょうかね」

司会者が真剣な顔で訊ねた。おもむろにケンシンが応《こた》える。

「これは由々しき事態と言えるでしょう。なぜこれが危険か。実はこれ、かつて都市伝説として語り継がれたある事件と非常によく似ているんですよ」

「ある事件、ですか？」

「二十年前に起こった、立て続けに数名の男女が突然死した事件です。彼らは互いにつながりがあった。同じ学校の同級生や先輩。その恋人。事件発覚から数日後、友人を亡くしたと自称する人物が、ある噂をネットにアップしました。まだツイッター日本語版がリリースされる前、SNSが周知のものとなる以前の話ですが、その噂はたちまち尾鰭《おひれ》がついて日本中に広がっていきました。様々なバリエーションがありましたが、どれにも共通するのは大体このような話です。

亡くなった人たちには共通点があった。それは彼らが〈決して観てはならないビデオテープ〉を観たこと。それは呪われたビデオテープで、もし観てしまったら観た日から七日後に、白い服に黒く長い髪の女〈貞子《さだこ》〉が現れて呪い殺される。

そしてたいていは話の最後にこのような警句が付け加えられていました。

もし怪しいビデオがあっても決して観てはならない、と。

この話は今もまだ、都市伝説としてネット上に残されています。もしこれが単なる噂ではなく事実だったなら。そして今回の事件もこれと同じ呪いのビデオテープが原因だったとしたら。もしそうなら今回の事件は二十年前よりもさらに恐ろしい。今ネットで流れている噂では、ビデオを観た者は二十四時間後に死ぬと言われているからです」

一瞬スタジオ内が静まり返った。ごくりと生唾《なまつば》を飲む音がした。咳払《せきばら》いをして司会者が言う。

「にわかには信じがたい話ですが、あくまでこれは噂話ですよね」

すがるような目でケンシンを見る。番組としてもそこまで視聴者を脅かす意図はないのだ。が、ケンシンはにこやかにこう言い放った。

「恐ろしいのはこれからですよ」

「どういうことでしょうか」

司会者が不安そうな声で訊ねた。

「もし誰かがこの呪いのビデオ映像そのものを、直接SNS上で拡散させたとしたらどうなると思います」

ケンシンは一冊の本を出してきた。井戸らしきものの写った粒子の粗い写真が表紙になっている。タイトルは『SADAKO　DX』。

「九年前、科学ライターのアンケ・D・シャクターがアメリカで出版した本です。タイトルの『SADAKO　DX』は巻頭の警句『やがて人類は貞子による悪魔的な絶滅を《Eventually mankind will face diabolic extinction》迎えるだろう《by sadako》』からとったものです。シャクターは日本における貞子の噂を徹底的に調査しました。というのはアメリカでもアリゾナ大学の心理学科内で数名の不可解な突然死が起こり、その原因が一本のビデオテープだったという噂が流れたからです。亡くなった方がみんなそのビデオを観ていたということ。そしてそのビデオテープは学生が日本から持ち帰ったものであること。そこまではシャクターが追跡調査している間違いのない事実です。事件後発見されたビデオテープは廃棄され、噂そのものはすぐに終息しました。ですがシャクターはそれが日本で広まった貞子の噂と同根であるとして、さらに研究を重ねました。呪いのビデオテープがどのようなもので、どのような災厄を招くのか。彼は、たまたま早期にビデオテープが廃棄されたからこれで終わったが、仮にデジタルデータとして呪いが広がったらどうなるかを試算しています。ＳＮＳや動画共有サイトなどにその映像がアップされたとして、再生数は一年もあれば一億を超えるだろう。そしてその翌年までには人類が滅亡するだろう。それが試算の結論であり、巻頭の警句へとつながっていくのです」

「人類滅亡……」

司会者は唖然《あぜん》として言葉が出ない。

ケンシンはカメラに向かって、落ち着いた声で言った。

「この試算は九年前のものです。そのころよりもはるかに今の方がＳＮＳや動画共有サイトは増えている。つまりこの試算よりもずっと早く、この世の終わりはやってくるということです。番組をご覧になっている皆さん。くれぐれも気を付けてください。興味本位でビデオに手を出してはいけない。呪いは存在するのですから」

「私はそうは思いません」

そう言ったのは文華だ。不敵な笑みを浮かべている。

「では多発する突然死の原因はなんだと思いますか」

ケンシンが問う。

「オッカムの剃刀《かみそり》という言葉をご存じでしょうか。十四世紀の哲学者オッカムが多用した思考のための指針で、何かを説明するためには、必要以上に多くを仮定すべきではない、というようなことを意味します。ケンシンさんの呪い説は仮説だらけです」

「だがオッカムの剃刀は考え方の合理性を説いているだけで、その意見を否定するものではない」

ケンシンは余裕の態度だ。

「さすがよくご存じです。ではケンシンさんよりも、もっと簡単で合理的な仮説を。今回の不審死の死因の大半は急性心不全です。そして日本では心疾患が死亡原因の一位か二位。年間で二十万人近くいる。その中でも、さらに心不全はトップです。急性心不全が死因としてはありふれたものであることは、これでわかっていただけると思います」

司会者が口をはさんだ。

「正確な数は摑《つか》み切れませんが、番組独自の調査では少なくとも、ここひと月で確認されているだけでビデオを手にして間もなく亡くなった方が四十三人おられます。すべて偶然とは言いにくいのでは」

「すべて偶然とは言っていません。ありふれた死因だと言っているだけです。で、質問ですが、亡くなられた方は皆、手に入れた呪いのビデオを観たわけですよね」

「最初に言いましたが、私は呪いはあると思っている。呪いは心に負荷を与える。御神木に五寸釘《ごすんくぎ》で藁人形《わらにんぎょう》を打ち付ける丑《うし》の刻参り。呪詛《じゅそ》を仕掛ける人間はそれを人に知られてはならないと言われていますが、御神木には丑の刻参りの跡がはっきり残されている。ものによっては名前が書かれていたりもする。それがなかったとしても、たとえば『呪ってやる』と言われたことがある人間なら近所の神社でそんなものを見たらぎょっとするでしょうね。罪悪感が強ければ強いほどそれはストレスになる。そして呪いを信じない、と思っている人でも身内に不幸があったとき、己や家族が怪我や病気に罹《かか》ったとき、必ずそれを思い出す。これは呪いのせいではないのか、とね。これが呪いの力です。呪いは不安を招き自律神経系と内分泌系に影響を及ぼします。具体的にいうなら副腎《ふくじん》がアドレナリンを放出する。心臓が激しく鼓動し、瞳孔《どうこう》が開き呼吸は速まり、筋肉に血液を送るために消化器系の活動が低下する。その変化——食欲不振や胃腸の不調がまた不安を呼ぶ。肝硬変、潰瘍《かいよう》性大腸炎、糖尿病、その他様々な自己免疫疾患がストレスとなって発病したり悪化したりする。その体調の変化がさらに大きなストレスとなる。そして二十四時間という制限がそれに拍車を掛け、虚血や心室細動を引き起こし、ありふれた死因である急性心不全に至る。あるいは鬱《うつ》状態を引き起こし自死に至る。亡くなった四十三人の中には自死もあったのでは」

司会者が頷《うなず》く。

「ええ、そうです」

「……八人が自ら命を絶っています」

「つまりそれが呪いの正体ですよ」

パチパチパチと拍手の音がした。

拍手しているのはケンシンだ。

「お見事です。ですがそれは心が呪いを受けて死に至ると言っているだけだ。いずれにしても心に働きかけているのが呪詛であることを否定はできないわけだ。というか、私のところに来る人たちはいくら科学的な説明をしたところで納得しない。そして納得しない以上呪いは解けない。つまりね、一条さんがそんなことを考えている以上、呪いを解くことはできないということです。だから、もう一度皆さんにお伝えします！　呪いは存在するのです！」

渋い顔でケンシンの話を聞く文華を見て、司会者が入ってきた。

「一条さんの主張も、ケンシンさんの主張も、どちらも興味深いものです。呪いのビデオがなぜ売られたのか、その動機も見過ごせないですが、まずは観た人がどのように対処すれば犠牲にならないかを解明したいですね」

これでこのコーナーは終わりだ。文華は自分の役割を無事終えてほっとしていた。結局文華は大人気の悪役《ヒール》なのだ。理詰めで相手を追い込み、最後のところで「でも結局大事なのは人の心なんですよ」という意見に敗北する。もちろん毎回そのパターンでは飽きられる。たまには相手を完膚なきまでにやり込めることもある。でも時々は馬鹿馬鹿しいような間違いを指摘されて赤面したり、謝罪したりする。愛すべき悪役であり続けることはなかなか難しいのだ。

このコーナーのエンディング・テーマが流れてきた。

ケンシンとの初めての対決は上手《うま》くいっただろうか。後でエゴサーチをしよう。そんなことを考えながら、自分に向いたカメラの前で、両手を上げて西洋人のように肩をすくめてみせた。

4

楽屋に戻って化粧を落とし服も私服に着替えて、文華はすっかり素の自分に戻っていた。出された弁当を、定規で引いたように真ん中から半分だけ食べた。それに蓋《ふた》をして輪ゴムで留め、さらに持ってきたジップロックに詰める。

両手を合わせて文華は言った。

「ごちそう様でした。残りは明日《あした》の朝いただきます」

バッグから小さな水筒を出した。中に入っているのは温かいほうじ茶だ。お茶の銘店から母親が買ってきてくれる、いつものお茶だ。値段を聞いたことはないが、良いものであることは間違いない。買ってくるだけではない。出かける前にお茶を淹《い》れてこの水筒を用意してくれるのも母の智恵子だ。黙っていると弁当まで作ろうとするのだが、さすがにそれは断っている。

父親を亡くしてから、前以上に娘たちに手をかけるようになった。その気持ちにはいつも感謝していた。感謝の気持ちがわくと同時に、母親の記憶が波打つように断続的に蘇《よみがえ》ってくる。

小学校の入学式に遅刻しそうになって、明らかに法定速度を超えて車を飛ばす智恵子。その焦る汗のにおい。後ろへ過ぎていく窓の外の景色。散歩中の秋田犬に引っ張られコケる中年の女性の季節外れのビーチサンダル。母親の漕《こ》ぐ自転車の後ろに乗せられた少女の背負う赤いランドセル。同じように遅刻した彼女にはその日学校でまた出会った。同級生だったのだ。大丈夫よ、と聞かれていないのに話し出す智恵子。大丈夫よ、絶対間に合うから。何が何でも間に合わせるから。ね、文華。大丈夫よね。大丈夫よ。

得意げにテーブルに並べるお弁当は、料理上手な智恵子が作った自慢の唐揚げと海苔《のり》巻きと卵焼き。それが本当においしくて学校で評判になったこと。それを話した時のまたまた自慢げな母親の顔。五十メートル走で惜しくも二等だった時、大人がこんなに泣くのかと文華が驚いた号泣する智恵子。生まれたばかりの双葉を抱いて文華に見せる智恵子の笑顔。ぐずる双葉。動くのが不思議なくらい小さな小さな手の指。

良い思い出で留《とど》めておきたいのだが、そうはいかないことの方が多い。自分が超記憶症候群であることを嘆くのは、父が亡くなった時の記憶が、今そこで起こっているかのように鮮明に蘇ってくることだ。死体安置所に母親と行って見た父親の、無残なと言っ

ていい死に顔。泣き叫ぶ智恵子。あまりのことに泣くこともできず能面のような顔にな
った双葉。そして胸が裂け赤い血が噴き出しているかのような苦しみまでがそのままに
思い出される。
望まない記憶の奔流に押し流されて身動きが取れない。気が付けば二十分あまり時間
が過ぎていた。流れるままだった涙を拭《ぬぐ》い、洟《はな》をかむ。鏡に映った、目も腫《は》れ赤い鼻の
悲惨な顔をしばらく見つめる。何かの罰ゲームのように。
大きく息をつき、ついでに深呼吸をした。
「平常心平常心」
言いながらスマホを取り出した。待ち受けにはこれ以上ないほど幸せそうな三年前の
四人家族の写真。文華、双葉、智恵子、そして父義行。また記憶が蘇る前に慌てていつ
ものSNSに切り替える。
本番直前の自撮り写真を投稿する。
――今終わった。番組を観てくれた皆さま、ありがとうございました！　どうでした
か。結局論争には勝ったけど勝負に負けた感じ。ちょっと悔しい。
それから番組名や文華の名前でエゴサーチをした。悪口は見ないでブロック。いつも
のことなので慣れている。悪口は気配だけで察知する。
そして〈#呪いのビデオ〉を検索ワードに。
続々と投稿文が流れていく。

――でも、呪いのビデオって言われても、うちにビデオデッキなんか無いし、呪われなーい。

――ビデオデッキってなんですか。

――カセットテープみたいなもんだよ。

――カセットテープって？――うち、お兄ちゃんがラジカセもビデオデッキも持ってる。

――ぎょっ、のろわれるぎょ。

――誰？　さかなクンさん？

高校生以下の年齢で、この時間にワイドショーなんか見ている人間は少ないだろう。アカウント名に見覚えがある投稿は、おそらく大学の友人か、時々教授の手伝いをしているゼミの学生だ。ビデオもカセットも見たことがないとなると、それよりもさらに年下。つまり学校をさぼっている高校生か中学生だろう。

さらに投稿が流れていく。

――いつもながら文華ちゃん、かっこよ。理路整然と説明できる女子、あこがれる。

――飛び切りキュートで愛らしいあのお顔で、あの超絶クールな発言。ギャップに殺されるよ。

――呪いの正体がよくわかりました。けどどうしたらその呪いから逃れられるの？

――なにゆってるかわからんけど、すごい。

――文華神降臨。

――ケンシン、いつもながら面白い。ためになる。視聴者の気持ちみたいなものを代弁してくれる。

――結局勝つのはケンシン様。

「勝たせてあげたのよ」

ぼそりと呟《つぶや》く。次は常連のファンの投稿だ。

――文華ちゃんの可愛さの科学的根拠はなんですか？

「これだけは科学超えて神秘ね」

自分で言って自分で照れた。

「あっ、感電さんだ」

感電ロイドから文華のアカウントへの投稿だ。

――呪いのビデオ事件、退屈しのぎに調べてたんで、君の考え方はとても興味深かった。でもそのビデオの呪いって、偶然発した言葉に影響された、っていう単純なものじゃなくて、もっと積極的に呪いを仕掛けてきてるんじゃないのかな。僕はとても攻撃的なものを感じる。たとえば、もしかしたらサブリミナルで暗示をかけられた、とか。

「……暗示、か。間接的な催眠術みたいなもの？　サブリミナルねえ」

鏡に映る自分が見えた。まだまだ「今まで泣いてました」という顔だ。脇にスマホを置いて簡単に化粧を直す。五分ほどで完成。お弁当の残りも一緒に何もかもカバンに詰め込み、スマホを手に立ち上がった。

楽屋を出ると、いきなりホヤぼーやが近づいてきた。

「うわ！　ホヤぼーや！」

思わず声に出すと、すぐ横から声がした。

「もしかして幸運の護符《アミュレット》かなんかじゃないの、ホヤぼーや」

「ケンシンさん」

ケンシンとマネージャーの瑞江がそこにいた。

「お疲れ様でした」

文華は頭を下げる。

「お疲れ様。相変わらず頭脳明晰《めいせき》、向かうところ敵なし、という感じだね」

「今日はいろいろと失礼なことを言って申し訳ありませんでした」

「気にする必要はないよ。人気者は大変だね。求められているキャラクターを演じなきゃならない。ＩＱ２００の天才現役女子大生、だっけ」

「ＩＱ２００は事実です。だとしても何の意味もありませんけどね」

「天才現役女子大生も事実でしょ」

「天才というのは人からの評価です。自称するようなものではない。現役女子大生については、院生ですけど、事実です。私は嘘をついてはいません。嘘をつくのは難しいし苦しいから。最初はただ自分の興味があることだけに集中してやってきました。でもテレビとかマスコミに顔を出すってことは、やはりショーの一部なんだろうなという自覚はあります。っていうか、自覚がない方が失礼かもって」

「確信犯？」

「そこまで自覚的でもないかもしれません。私はただ自分の興味があることにトライアルアンドエラーをしているだけで」

「試行錯誤？」

「ええ。でもそこからどう行動に移せるか、次の一歩が踏み出せるかどうかが大切なんじゃないかと……ケンシンさんは演じているんですか？」

ケンシンが横に立つ瑞江と一瞬顔を合わせ、プッと噴き出した。

「参ったな。いや、ストレートで清々《すがすが》しいよ。確かにおっしゃる通り、ギャラをもらってマスコミに露出する以上、期待されることを期待以上にしようとは思ってるかな。まあスピリチュアルカウンセラーという存在自体がエンターテインメントみたいなものだからね」

瑞江がストップ、と言いたげに間に割って入ってきた。

「センセ、それを言ったらおしまいですよ」

「いいんだよ。事実だからね」

文華が微笑みながら言った。

「そうやって言い切れることは、ある意味尊敬します」

「ある意味？」

じろり、と文華を睨《にら》み、すぐに声に出して笑った。

「いずれにしても人間は演じる生き物だ。その心の奥深くでは、欲望がどろどろとマグマのように燃え滾《たぎ》っている。だがそれを隠して平然として暮らしているんだ。私も、君も。恐ろしい生き物だよ、人間は。平穏な日常を退屈に思い、刺激を求める。そのくせ、不幸が訪れると平穏を願う」

「確かに人間には悪いところもあるかもしれませんが、そればかりじゃないと思いますけど」

「そうかな」

二人はしばらく黙った。その隙間に瑞江が再び割り込む。

「センセ、次の仕事は十八時入りですね。ホラー映画のPR番組です」

瑞江はわざとらしく腕時計を見た。

「ぼちぼち次のやっつけ仕事に行かないと」

「それを言ったらおしまいだろ」

笑いながら、瑞江の持った大きな鞄《かばん》に手を突っ込む。

「よかったらこれを君に」

鞄から出してきたのは真新しいVHSビデオテープだ。

「これ、まさか……」

うん、とケンシンは頷《うなず》く。

「〈呪いのビデオ〉のコピーだ。実はお祓《はら》いしてほしいと私のところに持ってきた人間がいてね。どうだい、君の頭脳で〈呪いのビデオ〉の謎を解明してみてはどうかな？」

あまりのことに返答に窮している間に、ケンシンは「じゃあ」と手を振って去っていった。

手にはビデオテープが残されている。新品のただのビデオテープのはずなのだが、何かそれの周囲だけが妙に煤《すす》けて見える。穢《けが》れている。

ケンシンの話を聞いた後だから。

そうだ。まさにこれがケンシンによってかけられた呪い。このテープが呪いの力を持っているのではない。テープにまつわる言説が呪いの本体なのだ。そう思った文華は大きく深呼吸してから、改めてそれを見た。

どこからどう見てもただの新品のVHSビデオテープだ。今となっては手に入れにくい古いメディアではあるが、それ以上でもそれ以下でもない。それでもなんとなくそのまま鞄にしまう気にならなかった。持っている鞄の中から小さく畳まれたエコバッグをだす。その中にテープを入れてから鞄に詰め込んだ。

結局こうやって私も自分で呪いをつくってるんだよね。

文華は小さくため息をついた。

## 5

女の痩《や》せた背中が、灯明《あかり》に照らされ白く光る。

油皿の灯心に灯《とも》した炎が一つ二つ三つ。部屋の明かりはそれだけだ。

簡素な作務衣《さむえ》姿のケンシンは、太い筆を手にした。厳選された羊毛でつくられたその筆に、たっぷりと墨を含ませる。

「ナウマク・サラバタタギャテイビャク・サラバボッケイビャク――」

ケンシンは太く響く声で不動《ふどう》明王の真言《しんごん》〈火界呪《かかいしゅ》〉を唱え始めた。

皿の縁でよけいな墨液を落とす。墨の匂いが立ち上った。真言と合わさり、施術される者にはこれが清浄な香りに感じられる。

ケンシンはおもむろに白い背中一面に文字を書き始めた。

悪魔外道を追い払う魔界偈《まかいげ》だ。

――天魔外道皆仏性《てんまげどうかいぶっしょう》　四魔三障成道来《しまさんしょうじょうどうらい》
――魔界仏界同如理《まかいぶっかいどうにょり》　一相平等無差別《いっそうびょうどうむしゃべつ》
二行にわたり十四文字ずつ、印刷されたかのように整った文字が並んだ。

筆捌《さば》きは力強く、その力強さは呪文《じゅもん》を書き込まれている者にもはっきりと伝わるはずだ。

達筆で美しい文字だが、書家としての教育を受けた者が見れば、それが我流であることはすぐにわかるだろう。

が、そのような細かいことを指摘する者はいない。彼はスピリチュアルカウンセラーであって書道家ではないのだから。

「さあ、これであなたの運気を下げていた外道は退散しました。どうしてそのような悪《あ》しきモノがあなたに憑《つ》いたのか、それはわかりません。ですが明らかに外道悪鬼の類《たぐい》はあなたに呼び寄せられて憑いたのです。あなたの中にそれを呼び寄せる不浄な心があったのです。常に清浄な気持ちでいられるように努力してください。あなたは一人じゃない。幾人もの守護霊があなたを見守ってくださっている。もう大丈夫。自信をもって新しい人生の一歩を踏み出してください」

感動したのか、女は背を震わせ涙声でありがとうございましたと言った。

画面が替わり、ソファーに深く腰掛けるケンシンがカメラを見つめている。

「エクソシズムは私にとっても珍しいので、今日の映像はアーカイブに残しておきます。もちろんご本人の許可を得ています。さて、心霊世界の不思議に触れてみたい方、霊的に自己防衛する方法をお知りになりたい方。セミナーでは様々な霊的体験が可能です。除霊、エクソシズムもご相談に応じます。会員登録はこちらまで」

動画画面の下に入会ボタンがある。

「それから、よろしかったらケンシンのスピリチュアルチャンネルに登録を。今日は見てくれてありがとう。ではまた次回、心のチャンネルを合わせろ」

そう言うと人差し指と中指を揃えて立て、いわゆる刀印をつくった。

＊

くぅうう、とおかしな声を上げて前田《まえだ》王司《おうじ》はスマホを床に置いた。

「やっぱケンシン先生はカッケェわ。尊敬しすぎてしんどいよ。こないだの文華ちゃんとの対決もケンシン先生の逆転で終わったもんな。あの天才女子大生をだよ。そりゃあ文華ちゃんはかわいいけどさ、ここはやっぱり先生の応援しちゃうよ。何しろカッケェから。そりゃ再生回数軽く万超えるよな。フォロワーが九四〇万人だもんな。俺の『天才プリンスの未来診断』は三桁《けた》に足らないからなあ。問題外か」

前田王司は占い界の王子を自称している。確かに端整な顔立ちをしているのだが、王子というにはいささか気品に欠ける。年齢もこういう世界では若い方だろうが、若々しいというよりは子供っぽい。見た目の美点がちょっとずれて欠点に見えるのは、その態度のせいだろう。一言でいえばちゃらい。軽薄で何か安っぽい。四文字熟語で言うなら軽佻浮薄《けいちょうふはく》。そして本人にそれを告げてもわからないのでは、と思わせるバカっぽさがある。だが根本の部分は真面目で、そして何より底抜けに明るい。この世が終わる時でも誰かを笑わそうとするタイプだ。なので女性に嫌われることはないし、男友達はたくさんいる。

問題は彼の理想とする人間が知的で神秘性のある大人、具体的に言うならケンシンであるということだろう。

それにはかなり無理がある。ケンシンと自分の落差に大きな溜息《ためいき》をついてから、そのまま深呼吸に移行する。そして意味なくガッツポーズをとった。彼は落ち込むということがまずない。

「ま、今に見てろだよ。何があっても俺の人生はバラ色だ。だって俺は」

スマホを手にして自分にカメラを向ける。これ以上のキメ顔はないというキメ顔で自撮りする。

「王子だもん」

いったん反対側を向いてから振り返りざまにキメ顔でもう一枚。ちょっとずつ角度を変えながら七枚。

「いやあ、凄《すご》いわ。俺のポテンシャル半端じゃない。これがこのままこんなところで埋もれているのはおかしいって」

そこでまたキメポーズで一枚。

「俺は神が人間に与えた美しい贈り物なんだ。だから君にもしあわせ、分けてあげるよ。ん?」

どこにもいない〈君〉に向けてキメ顔を見せた。最後の「ん?」はスマホから着信音が聞こえたからだ。

「だれだれ、あっ、愛《あい》ちゃんだ。ちょっと待ってね、マイエンジェル」

SNSのメッセージだ。緊急！　のタイトルがついている。発信者は成瀬《なるせ》愛。占い師として動画共有サイトで悩み相談を受けている彼の、数少ないフォロワーの一人だった。

メッセージは以下の内容だった。

――すぐ会ってもらえる？　タイヘンなの。王子なら助けてくれるよね？

すぐに返信を送る。

――もちろんさ、ラブちゃん。君が困ったときには必ず僕が一緒にいてあげる。

それからすぐに服を着替え、家を出た。

車を飛ばし指定の場所に向かう。

海が見えるデートスポットだ。ここを指定したのは王司だ。愛とはSNSで何度かやり取りをしただけだ。顔も知らない。

海の見える丘に上がると、ベンチの前に若い女性が立っていた。ジーンズにかなり着古した感じのするパーカー。初めてのデートにはあまり着ていかない服装だろう。

女はすぐに王司を見つけた。

「王子！」

そう言うと同時に女は王司に駆け寄ってきた。突進してきたというのが正しいかもしれない。

すごい勢いで王司にしがみつく。

押し倒されそうになって、ようやく堪《こら》えた。

「愛ちゃんだね」

しがみつき顔を胸に押し付けながら愛は頷《うなず》いた。

「もう大丈夫だよ。さあ、ラブちゃん。落ち着いて話してごらん」

「……私、見ちゃったの」

「見ちゃった？」

「そう。だから、私死ぬの？」

物騒な言葉が出てきた。

「あっちのベンチに座って話そうか」

介護するように愛の肩を抱いて支え、ベンチに座らせた。

「それで、何を見ちゃったの」

「あれ、知ってる？　呪いのビデオ」

「ああ、知ってるよ。都市伝説だよね」

「違うのあれは。本当にあったの。それでね、私それを観ちゃったの」

久しぶりに会った友人に誘われ、家まで遊びに行った。そうしたら家にはビデオデッキがあると自慢して、面白いビデオがあるから見せてあげると言われた。

タイトルも何もないそのビデオテープをデッキに突っ込みながら、ちょっと観てて、と友人はその場を離れた。ノイズだらけの画面を観ていたら恐ろしくなったので、友人を呼んだがちょっと待ってと言われ、結局一人で最後まで観た。五分足らずの内容だった。どう、怖かった？　と言いながら戻ってきた友人は、そのビデオが呪いのビデオなのだと言った。要するに友人は彼女を怖がらせるつもりで、一人で観るように仕向けたのだ。何てことするの、と怒ったら、こんなもので死ぬわけないじゃないと友人は笑った。

「ところが、その友達がその直後に死んじゃったの。ちょうど彼女がビデオを観たっていう時間から二十四時間後だった」

愛の目にジワリと涙があふれてきた。

「死んじゃうの？　私死んじゃうの？」

王司はしっかりと愛を抱きしめた。

「心配しなくていいんだよ。落ち着いて」

腕の中で愛が頷くのを見て、王司は愛から離れた。

その両肩に手を置く。

「そのビデオをいつ観たのか教えてくれる？　できれば正確に」

「昨日の夜。夜の九時二十分。観始めたときに時間を確認したから間違いないわ」

王司はデジタルの時計をちらりと見る。

「今から十三時間あまり前か……」

頭の中で計算した。噂では二十四時間後に死ぬことになっている。それが本当なら残り時間は十一時間。今夜の二十一時二十分までに解決しなければならない。

「私死んじゃうの？　ねえ、死んじゃうの」

「そんなことあるわけないじゃない」

愛の目をしっかりと見つめ、王司は言った。自信たっぷりだ。根拠などなくてもいつでも彼には自信が有り余っていた。その自信は相手にも伝わる。少しだけ、愛は落ち着いたようだ。

王司は愛の手を包み込むように握る。

「ラブちゃんのことは、俺が全身全霊をかけて守るから」

「いい加減なこと言わないで」

「いい加減なことは言わない。君の前では誠実でいたいからね。だから信じて。俺が必ず君を救う。どんなことをしてもね」

「どんなことを……」

「本気で命を懸ける。その覚悟がないとこんなことは言わないよ。今から一日、君の護衛を務めるよ」

「……なんで……出会って間もないのに」

「時間なんか関係ないよ。……だって見えちゃったんだ」

「見えた？」

愛が首を傾げる。

王司は鼻の下を人差し指でこすって、これ以上ないキメ顔で言った。

「運命ってやつがね」

## 6

「文華、柿を剝《む》くから降りておいで」

智恵子が二階に向かって呼びかけた。

双葉は一番にダイニングテーブルの前に陣取っていた。

すぐに文華が降りてきた。手に茶封筒を持っている。双葉の隣に腰を下ろすと、その中からビデオテープを取り出した。

「見たい見たいって言うから見せるけど、言っとくけどここまでだよ」

「へー、これが呪いのビデオ？」

「の、コピーね」

双葉が手を伸ばしてきた。その甲を文華はパシッとはたいた。

「いてっ。ひどいよ、お姉ちゃん」

「触っちゃダメ」

「なんでよ、呪いなんてないわけでしょ」

「ないなんて言ってないでしょ。ほんとに人の話をきちんと聞かないんだから。そんなことだから成績が今ひとつ——」

双葉が文華の口をふさいだ。

「ここでくつろいでいるときに成績の話はなし」

「はいはい、勉強も仕事もいったん休憩」

台所から智恵子が山盛りの柿を持ってきた。

テーブルの上に置くと同時に双葉は一切れ摘《つ》まんで齧《かじ》った。

「おお、程よく熟してなお、しっかりした歯ごたえも残している絶妙のタイミング。そしてとろけるようなこの甘さ。お母さん、グッジョブ」

「お母さんは皮を剝いて切っただけ」

言いながら二人の前にフォークを置き、自らも椅子に腰を下ろした。

「で、もうちょっとしっかり見せてよ」

「はいこれ」と文華はビデオテープを双葉の前に持ってきた。

「触っちゃダメだよ」

「わかってますって。こんなにデカかったんだね、ビデオテープって」

「うちの押し入れにもあるじゃない」

そう言ったのは智恵子だ。

「双葉も小さい頃、お父さんと一緒に怪獣映画観てたでしょ？」

「観たような……」

「覚えてないの？　あんなにキャッキャ言いながら観てたのに」

「あたしはお姉ちゃんみたいな記憶力を持ってませんから」

「普通の人間程度の記憶力も持ってないんじゃないの」

「持ってます！」

双葉がふくれっ面でそう言った。頬が膨れているのは柿が入っているからだ。

文華も柿に手を伸ばした。

「いただきます」

「あっ、カメだ」

突然双葉が頓狂《とんきょう》な声を上げた。

「カメが空飛ぶの覚えてる。火、噴いてクルクル回りながら。どうよ、あたしの超記憶力」

「威張るほどのもんじゃない」

「威張らせてよ。どんどん思い出してきた。ビデオって観たいところを観るのに時間がかかったよね。テープを巻き戻すんだけど、シュルシュル音がして、やたら時間がかかって。しかもどれだけ戻ったかわからなくて」

「お父さんは双葉に見せようと一所懸命だったわよ」

智恵子が言う。

「あんなものを使わなきゃならないんだから、お父さんの世代の人って大変だったろうね」と文華。

「そんなことより、お姉ちゃん。そんなテープを渡してくるって、絶対お姉ちゃんに対抗意識燃やしてるよ、ケンシン」

「呼び捨てやめてよ。お母さん、ケンシン先生のファンなんだから」

「それ趣味悪すぎだよ。絶対あいつ年寄り騙《だま》して稼いでるでしょ。先生なんてつけちゃダメだよ。詐欺だよ詐欺。犯罪許すまじ！」

誰も返事をしない。

さらにケンシンの悪行を暴いてやる、という顔の双葉を見て、文華が言った。

「別に悪い人じゃないし。好きな人は好きでいいんじゃない？」

「ええ～。許せないのあたしだけ？　双葉孤立無援」

「それよりお母さん、ありがとね」

文華が話題を変える。

「なにが？」

「昨日、お父さんのお墓参り行ってくれたでしょ」

「えっ！」

フォークに刺さった智恵子の柿が口の手前で止まった。

「どうして分かったの」

「今日出かける時、車のシートにポメラニアンの毛がついてたから。それも二種類の。あのロン毛は稲城《いなぎ》の斉藤《さいとう》さん家《ち》のミーちゃんとマミちゃんのでしょ。二匹ともお母さんに懐いてたし」

「その通り。でもそれでなんで墓参りに行ったのがわかったの」

不思議そうな顔で智恵子は訊《たず》ねた。

「そうそう、なんでなんで」

双葉も参加する。

文華はフォークに刺した柿を持ち上げて言った。

「これ、毎年いただいている斉藤さんの柿でしょ」

「確かにそうだけど、だから？」

智恵子はまだ得心がいかない。

「それだけじゃ、墓参りのことはわからないよね」と双葉。

「いつもなら頂き物の柿は真っ先に仏壇に供えるでしょ。でも、ほら」

仏壇には柿がない。

「あー、お父さんにあげてない」

双葉が言った。

「それは忘れたからじゃない。そうでしょ、お母さん」

「あっ、そうか」

納得がいったのか、智恵子はにっこりと笑った。

「なになに、どういうこと」

双葉は文華の腕を摑《つか》んで「教えて教えて」とうるさい。

いったん柿を皿において、文華の解説は続いた。

「斉藤さん家からうち《ち》のお墓までは車で十分くらい。なので先に斉藤さん家に寄ってご挨拶《あいさつ》をした。そうしたら柿をいただいたので、そのままお墓参りしてお父さんのお墓に柿を供えた。でしょ」

思わず智恵子は拍手していた。

「すごいわね。ほんと文華に見抜けないことはないのね」

「ねえ、お姉ちゃんの頭脳で、マジで呪いのビデオの謎解いちゃえば」

と、呪いのビデオを手に取ろうとして、また文華に叩《たた》かれた。

ちっ、と双葉は舌打ちする。

「やめなさいよ、双葉。そんな気持ち悪いもの触っちゃ駄目よ」

智恵子は顔をしかめて言った。

「これはさあ、お母さんの大好きなケンシン先生からの挑戦状なんだよ。ねえ、お姉ちゃん。呪いなんてないって科学的に解明しよーよ。手伝うからさあ」

「ほっときなって」

「そうよ、ほっときなさい」

文華と智恵子が口をそろえる。

「えー、また双葉孤立無援」

「いつものことでしょ」

そう言って智恵子は笑った。スマホの着信音が二階からかすかに聞こえてきた。テレビ局のスタッフに、呪いのビデオに関する情報を送ってくれと頼んでいた。それをおそらくメッセージアプリで送ってくれたのだろう。

「ご馳走様《ちそうさま》」

文華は立ち上がった。

「ええ、もう行くの。もう少し休憩していったら。ちょっとは休まないと身体壊すわよ」

「大丈夫だよ。柿おいしかった。ありがとう」

とんとんと二階に上がり、文華は部屋に戻った。小学四年生の時からずっと使っている部屋だ。六年前までは妹と一緒に使っていた。今は双葉も自分の部屋を持っている。一人になれたときにはせいせいしたのだが、父親を亡くしてからは少し寂しい。妹も同じ考えらしく、時々母親と一緒に寝ている。双葉は介護だと主張しているが、ただ母親に甘えたいだけなのは見え見えだった。

文華も一人住まいに憧《あこが》れたことがあったが、今は家族と一緒にいられることが嬉《うれ》しかった。

部屋の中にはわずかばかりの家具しかない。クロゼットと押し入れ。高校に入ったときに買った勉強机にノートパソコンが載っかっている。私物はそれだけに納まっている。若い女性の部屋としてはかなり殺風景だ。だが押し寄せる記憶が「うるさい」のであまり余計なものは置きたくないのだ。目に入る情報はすべて記憶され積み重なっていく。部屋はせめてシンプルにしておきたかった。

スマホを確認する。やはりテレビ局のスタッフからだった。あの番組用に準備した資料をPDFファイルで送ってくれている。それを開こうとしたとき、ノックの音がした。

「どうぞ」

文華が言うと双葉が顔をのぞかせてお姉ちゃんと言った。

「どうしたの」

「うん、なんかちょっとね」

その先の台詞《せりふ》が出てこない。黙ってもじもじしている。子犬のようにいつも文華に付きまとっていた子供の時に逆戻りしたようだ。

「あのさあ……なんか今言っておいた方がいいかなって思ったんだけど、お姉ちゃんはあたしをどう思ってる」

「どうって言われても……」

「お姉ちゃんのこと僻《ひが》んでるっていうか妬《ねた》んでるっていうか、そんな風に思ってない？」

否定する間もなく話が続く。

「お父さんもお母さんも、どうしてもお姉ちゃんを特別に扱うでしょ」

「そんなことないよ」

「そんなことなくないよ。でもそれは当然だと思ってるんだよね。お姉ちゃんもお母さんも、それからお父さんも、あたしが僻んでるんじゃないかと思って逆にすごく優しくしてくれてたから。みんな気を遣いすぎだよ。言っとくけど、あたしはお姉ちゃんが大変だなあと思ってるんだよ。みんなは天才天才って言うけど、そんないいことばかりじゃないでしょ。お姉ちゃんが消えない記憶に苦しんでいること、あたしだってわかってるんだからね。それなのにお父さんが亡くなってから、生活のために、天才美人女子大生っていうバカみたいな役を頑張って演じてくれてるでしょ。……あのね、あたし、高校卒業したら短大行くつもりなんだ」

双葉は保育科が有名な女子短期大学の名を挙げた。

「知ってる？　あたし子供が大好きなんだ。だから保育園で働きたいの。あの短大なら就職率も高いし、二年勉強して保育士の国家資格取ったら、すぐに働けるでしょ。実は家から近い保育園をいくつか候補に考えているの。あたしが保育士になったら、お姉ちゃんも今みたいに必死に働かなくてもよくなるよ。そうしたら家族みんなで楽しくやろうよ。ねっ、お父さんみたいに働きすぎるのも考え物だからさ。えっ……」

文華が立ち上がった。

「ごめんね。心配かけて」

そう言って手を伸ばそうとすると、双葉は忍者のようにポンと一歩後ろに跳んだ。

「そこまで！　今ハグしようとしたでしょ。目がやたら潤んでるし。やめてよね、べたべたするの。感謝の気持ちはお金かブツで頂戴《ちょうだい》。じゃっ」

それだけ言い残すと、双葉は慌ただしく部屋を出て行った。

7

広い部屋だ。広く、白く、清潔だ。

生活感というものとは縁遠い部屋だった。

以前は本棚で囲まれていた。どれほど広くとも本を収納するスペースには限りがある。なので一年かけて自炊した。自炊というのは本を裁断し、ばらしてスキャンし、自分で電子書籍化することだ。量が量なので最終的には業者に頼んだが、それでも優に一年かかった。以降は電子書籍しか購入していない。その結果この部屋から本棚がなくなった。

部屋の中央に三面の大きなモニターで囲まれた空間がある。中央に鎮座するゲーミングチェアは有名メーカーのものだが、最上位モデルではない。高級品は合成皮革を使っていて通気性の悪いものが多いからだ。これは通気性の良いファブリック素材を使ってあり、汗蒸れがほとんどない。必要十分な条件を備えたそれを、さらに自分の身体に合うように自ら改造してあった。長時間座り続けても全く身体に負担がない。何しろ彼は下手をすると睡眠時までこの椅子に座って過ごしているのだから。

この部屋が彼——感電ロイド——の世界のすべてだった。

背後でチンと音が鳴る。

アルミの台座に場違いな家電が載っている。小さな白い電子レンジだ。

ロイドは目の前のテーブルに置かれた消毒液を両手に吹きかけ、長い指の先まで念入りにのばした。月光しか浴びたことがないような透き通るように青白い手だった。それからニトリルゴムのぴったりした手袋を両手にはめる。そしてようやく電子レンジの扉を開いた。

中の紙皿を取り出す。そこに入っているのは湯気を立てるカレーライスだ。それと使い捨てのスプーンを手にして、左側のモニターを見た。ブラウザの三つのタブに、それぞれ別々のSNSが立ち上げられていた。アカウント名もそれぞればらばらだ。

そのうちの一つに投稿するための文字を打ち込んでいく。打ち終わり、すぐにアップロードした。間を置かずいくつかの返信《リプ》が返ってくるが、それは無視する。流し込むようにしてカレーを食べ終えた。五分そこそこしか経っていない。

ゆっくりと立ち上がる。一度急に立ち上がって立ちくらみを起こし、意識を失って倒れたことがある。その時には机の角で打って、後頭部から流血した。それからは注意深く立ち上がるようにしているのだ。

レトルトカレーの入っていた袋などを汚れた紙皿と使い捨てのスプーンと一緒にビニール袋に詰め、きゅっと口を締める。わずかに開いた扉の隙間から廊下を見る。誰もいない。ドアの横にアルミの棚があり、そこにご飯と焼き魚にサラダ、さらにみそ汁の載ったトレイが置かれてあった。母親が毎晩置いていく。そしてそれはそのままここに残されている。それが何年続いただろうか。ちらりとそれを見て、その下の棚にゴミを置く。最後にもう一度廊下の向こうを確認してから、扉を閉め鍵《かぎ》をかけた。

椅子に再び腰を下ろす。皮を剝《は》ぐようにゴム手袋を脱いだ。脱皮した皮のような白い手袋は、椅子の横に置いた白いゴミ箱に投げ入れる。

それから正面のモニターを見ると、メッセージアプリを立ち上げた。「ごちそうさま」と打ち込み、続けてレトルト食品の名前と数量を書いた。このメッセージは母親のスマホに届く。母親はそれを買ってきて、なおかつ夕食を作って運んでくる。最初は嫌味かと思ったが、そうでないのはなんとなくわかってきた。だからと言って彼がレトルト以外のものを食べるわけではないのだが。

しばらくすると階段を上がる母親の足音が聞こえ、扉の前で物音がする。すぐそこに母親がいるかと思うと少し緊張する。そして足音が遠ざかり、階段を下りていく。

小さく、ほっと息をついた。

次は左側のモニターに向く。そこにピルケースがあった。一週間分の薬を小分けにできるケースだ。

〈夜、食後〉と書かれたところをあけて十錠近い色とりどりの錠剤を取り出し、ミネラルウォーターで流し込んだ。

彼にとっての食事は、この薬と同じだ。身体が必要とするから摂《と》る。楽しみではなく義務に近い。

彼の楽しみはこの三つのモニターの中にある。楽しみだけではない。彼の人生の大半がこのモニターの向こうにあった。

母親とは二年近く直接顔を合わせていない。

父親に至っては十年近く言葉を交わしていない。

彼にとって父親はいないも同然だった。彼が引きこもってから一度として彼と接しようとはしてこない。声すら掛けてこなかった。

捨てられたのだ。

ロイドはそう思っていた。

有名銀行の支店長である父にとって、不出来な人間は邪魔でしかなかった、のかもしれない。少なくともロイドはそう思っている。

ロイドが部屋に引きこもるようになったのは、小学六年生の時。隣の席の子が持ってきた筆箱が無くなり、ロイドが盗《と》ったと担任に訴えたことに始まる。

教諭に呼び出され、母親と一緒に学校に行った。誰もロイドのことを信じてはくれなかった。母親もだ。母親はずっと頭を下げ続け、教諭にこのことを内密にしてくれと頼みこんでいた。結局それ以上大ごとにはならなかったが、ロイドの無実は証明されることがなかった。騒動の次の日から、ロイドはいじめられるようになった。中心になっていたのは筆箱を盗まれたと訴えた子供だ。彼が中心となって、クラス中がロイドを泥棒扱いした。

そして登校拒否が始まり、そのまま部屋に引きこもった。

父親は母親が教諭に呼び出された夜、彼を家名を汚す恥さらしだと罵《ののし》った。父親の声を聞いたのはそれが最後だ。それ以降、咳《せき》の音一つ聞いたことがない。

その彼の〈世界〉の中で今一番の楽しみは呪いのビデオだ。〈呪いのビデオ〉〈貞子〉〈謎の突然死〉などのキーワードで検索し、見つかったサイトを調べる。何種類かのダークウェブを見るためのブラウザも開かれている。そこを探しているときに、オカルト的にやばいものの売買を扱う〈呪《じゅ》モティ〉という掲示板で見つけたのが〈呪いのビデオ〉だ。その時にはすでに売却済みだった。

今はグーグル検索で引っかかった普通のサイトを見ている。ネット内の都市伝説《ネットロア》を扱うサイトだ。

このサイトの運営者はかなりマニアックに突然死のことを調べていた。複数の新聞や週刊誌、ネットニュースなど、かなりの資料を収集し、丁寧に分類していた。

そこの最新記事から動画共有サイトにリンクがされていた。ウイルス感染に注意しながらそのリンク先に飛ぶと、面白いタイトルの映像が見つかった。

タイトルは『助けてください、呪われてしまいました』だ。

動画を再生してみる。

ほお、と感嘆の声を上げた。

「これは面白いことになっているな。確かこの男……」

名前で動画サイト内を検索した。

「なるほど、関係が見えてきたぞ」

ロイドは色のない薄い唇の口角をきゅっと上げ、微笑んだ。美しいが人間味のない、妖精《ようせい》のような笑みだった。

8

足音を忍ばせて、そっと階段を下りていく。いつもは気にならない軋《きし》む音が、ひどく大きく聞こえた。

一階にたどり着く。

智恵子はもう寝ているはずだし、文華は部屋にこもって仕事を始めると、しばらくは出てこない。

今しかチャンスはない。

パジャマにカーディガンを一枚羽織っただけの姿で、双葉はゆっくりとリビングに向かった。

やはりそうだ。

テーブルの上にそれは置かれたままだった。

呪いのビデオだ。

文華は絶対的な記憶力を持ちながら、時々ぽっかりと物忘れをする。実際は忘れているはずがないので、後に回しているだけなのだろう。が、他がしっかりとしているだけに、なんでこんなことを忘れるのだろうと不思議に思う。

まあ、そのおかげでこいつが手に入ったんだ。

へっへっへ、と悪党の笑い声を漏らした。

「さてと」

囁《ささや》き声で活を入れ、双葉は仏間の押し入れを開けた。お目当ての品はすぐそこにあった。

「おお、めっけ」

いろいろと積んである上から三番目に剝《む》き出しで置いてあった。ビデオデッキだ。それを苦労して外に取り出す。

「デカッ」

取り出してみて、改めて驚いた。

「お父さん、ちょっと借りるね」

父親の遺影に一礼し、デッキをテレビに接続する。初めてのことなのでちょっと苦労はしたが、何とかつながった。あまりメカには強くない双葉にしてみたら上出来だ。

テープをデッキに突っ込む。

するするとビデオテープが吞《の》み込まれる。

再生ボタンを押した。VHS特有の走査線が入り、『再生』の文字が浮かんだ。

リモコンを片手に持ったまま、双葉は椅子の上に正座した。

テレビの大画面いっぱいにざらざらしたノイズだけが映っていた。

その中でノイズとはちょっと違うものがゆらゆらと動いている。

泡だ。

泡が揺れながら浮かんでいく。

水の中にいるのか。

カメラがゆっくりと移動していく。

仄暗《ほのぐら》い水の中から、光の射す方へとカメラが向いた。

いわゆる一人称視点のカメラ。

つまりそれは誰かが水の中から外を見上げているということなのだが——その誰かって誰なんだ。

そう自問し口に出して答える。

「魚、かな」

そう言うと、おかしくもないのにへらへらと笑った。

怖いのだ。ひどい画質でノイズにまみれた映像が、意味もなく恐ろしいのだ。

視線が真上に向いた。

水面に、揺らめく光の投網《とあみ》が見える。

(誰かが) 浮かぶ枯れ葉を掻《か》き分け水面から顔を出した。

(誰かが) 周囲を見回す。

コケだらけの石が積み上げられている。

湾曲する石壁が周りを取り囲んでいる。

井戸の中？

水音が狭い空間に響く。

ノイズは波のように増減を繰り返す。

「おお、それっぽいよ」

双葉は呟《つぶや》いた。

声を出すと、自分がたった一人で呪いのビデオを観ているのだと改めて自覚する。

石壁にぺたりとついた手が見えた。やはりこれはその「誰か」の見ている景色なのだ。

泥にまみれたその指には爪がなかった。剝《は》がれたのか剝がされたのか、爪のない指先は肉がぐしゃぐしゃになっていた。

その手が石を摑《つか》んだ。

ぐい、と視界が持ち上がる。

ずる、と濡《ぬ》れた何かが引きずられる音。

反対側の手が、また石を摑み、身体を引き上げる。

それは井戸から這《は》い上がろうとしているのだ。

ずる、ずる、と音を立て、視点が少しずつ上へあがっていく。
水の滴る音が、少しずつ遠ざかっていく。
とうとう、井戸の端が見えてきた。
伸ばした手がそれを摑む。
ぐい、と身体が引き上げられた。
井戸から這い出たのだ。
そして――。
「えっ！」
思わず声が出た。
外に這い出た何かの視線は、そこにある二階建ての一軒家を見ていた。
「やっぱり……そうだよなあ」
双葉は呟く。
それは見間違うはずもない、一条家の外観だった。
居間の明かりが窓から漏れている。
「もしかして、これ……中継？」
思いついたら確かめなければ気が済まない。
双葉は立ち上がった。
なんとなく忍び足で玄関に向かう。

サンダルを履いて玄関に立つ。

ノブを摑む。

手が汗でひどく濡れていた。

心臓が跳ねるように脈打っている。

そっと錠を開け、ノブをゆっくりと回した。

わずかに扉を開く。

防犯用のカメラを取り付けてもらえばよかった、と今更ながら後悔した。女三人で物騒だから取り付けようと文華が提案したのだが、そんなのいらない、もったいないと母親と双葉が反対したのだ。

隙間から外を覗《のぞ》き見ようかと少しだけ扉を開き、それから急に我慢できなくなって、一気に扉を押し開いた。

勢いづいてそのまま家の前に飛び出す。

そして立ち止まった。いや、立ち竦《すく》んだ。

家の前に歩道があり、その向こうに片側二車線の広い道路がある。

その向こうの歩道に、それは立っていた。

街灯はあるのだが、ここからでは暗くて顔までは見えない。

が、白い服を着ているのはわかる。

噂では呪いのビデオから出てくるのは、白いワンピースで髪の長い女だと聞いていた。

それとはかなり違う。何しろ男性だ。それも太った短髪の。

男の顔はよく見えないが、それでも双葉の方を見ていることはなぜかわかった。

その刺すような視線を肌で感じた。

耐えられなかった。

急いで家に戻って扉を閉じた。

鍵《かぎ》を掛け、ついでにチェーンキーも掛ける。

「あれはダメだ。絶対ダメなやつだ」

背中を扉に押し付け、そう呟いた。

大した運動をしたわけでもないのに息が荒い。己の心臓の鼓動がはっきりと聞こえる。

おちつけ、あたし。

自分に呼びかけ、大きく二度三度と深呼吸をした。

さてどうする。

このまま自分の部屋に駆け戻って布団をかぶってじっとする。あるいは母親か姉を呼ぶ。いや、その前に……。

「このままじゃ駄目だ。もう一度確認する。ただの見間違いかもしれない。ただの散歩中の人かもしれない。確認するんだ。一度確認する。確認する。確認する。頑張れ、あたし。いくぞ、いち、に、さん！」

扉を思いきり開いた。

大通りの向こうには……。

「……いない」

街灯に照らされたそこには誰もいなかった。

左右を見て確認したが、どこにも人影はなかった。

気のせい？

よくわからないまま、とにかく家に入り、デッキを押し入れに突っこみ、自分の部屋に戻った。布団を顔までかぶり寝ようとしたが、さすがにすぐには眠れない。やっぱり眠れない。どうしても眠れない、と思っている間に、いつの間にか眠りに就いていた。

長い長い悪夢を見たのだが、怖かったという思いだけ残って中身は何も覚えていなかった。おかげで母親に起こされる数分前に目が覚め、驚かれた。双葉が起こされる前に起きることなど年に一回あるかないかだ。

起きたら文華に相談するつもりだったが、すでに文華は家を出た後だった。

「急に教授から呼び出されたらしくて、慌てて出ていったけど」

コーンスープとスクランブルエッグにトーストを並べながら智恵子は言った。

「学校まで送っていけないけどごめんって言ってたわよ」

返事する間も惜しみ、バターをたっぷり塗ったパンを口の中に詰め込んでいく。

いつものようにあっという間に食べ終わり、双葉は家を出た。母親に相談しようかとも思ったが、心配をかけて怖がらせるだけだろうと思ってやめた。

バスに乗って学校へ向かう。

一時限目は眠くて眠くてどうしようもないと思っている間にいつの間にか終わっていた。

知らない間に眠っていた可能性が高い。何故ならちょっと眠気が覚めているから。

文華を真似て自分なりに論理的に考えたつもりだ。そして瞬きする間に休み時間が終わり、二時限目、英語の授業が始まっていた。

「はい、なので、ここの『Shall I』」

カツカツと音を立て黒板に英文を書いていく。英語の教諭は海外生活が長く、発音が流暢《りゅうちょう》だ。本人は腹が突き出て毛髪が薄くなりつつあるごく普通の中年男だ。それがきれいな英語を喋《しゃべ》る違和感から、最初のころは生徒によく笑われていた。が、日常＝変わらぬ毎日というものは強いものだ。非日常はあっという間に日常の中に溶け込んでいく。毎日ずっと会っていると、すぐに生徒たちは慣れてしまった。

「この文を会話的にすると、『Do you want me to』という表現になるな。いいですか？ここテストに出るぞ」

黒板をばんっと叩《たた》く。

白墨の粉がふわっと散った。

双葉は教科書で口元を隠し大あくびをした。双葉の席は窓際だ。窓の外をぼんやりと見ていた。青々とした空は眩《まぶ》しすぎた。すぐに真下の運動場を見下ろす。

ん？

裏門の辺りに立っている人間が見えた。

もしかしたら人間ではないかもしれない。

それはゆっくり近づいてきた。

白い服を着ている。

真昼の光にハレーションを起こしそうだ。

徐々に顔が見えてきた。

「顔が……うそでしょ」

何度も何度も見直す。

「太平叔父《たいへいおじ》さん……だよね」

静岡に住んでいる父親の弟だ。まだ学生の時に年上の女性と駆け落ちし、しばらく音信不通になっていたのをはじめ、放浪癖があり金が貯まれば姿をくらまし、思いがけない時に帰ってくる。そんなことを繰り返していたが今の奥さんと出会ってからはきちんと職に就き、まじめに働いている。結婚式や葬式で会う太平叔父さんは、子供たちのあしらいがうまく、というよりも基本子供と変わらない感性の持ち主で、子供と一緒にずっと遊んでいた。双葉とも遊んでくれた。葬儀会場で双葉とあと数人のいとこ連中を率いてかくれんぼを始め、義行にこっぴどく叱られているのを目撃したことがある。

その太平叔父さんがすぐそこにいる。

片足を骨折して入院していると聞いていた。屋根に載っかったサッカーボールを取りに上がって滑り落ちたのだと聞いて、相変わらずだなあと家族全員が思った。その太平叔父さんだ。

叔父さんは壊れた機械のようにぎくしゃくした動きで、まっすぐ校舎の方へと近づいてくる。

「一条！」

英語教諭の声にようやく双葉は気付いた。

はいっ、と返事して立ち上がる。

「どうした、雨でも降ってきたのか」

「いえ、良い天気です」

「良かったな。先生の雷が落ちないで」

上手《うま》いこと言っただろ、と自慢げな顔で双葉を見た。が双葉はそれどころではない。

あっ、はい、と返事し、また窓の外を見たら誰もいなかった。

まさかあれが呪い？

貞子じゃないじゃん。

「心ここにあらずって感じだな、一条。大丈夫か」

「あっ、はい。大丈夫です」

心ここにあらずという顔で双葉はそう答えた。

# 零ノ壱

戦争が終わってまだ十年にも満たない日本で、彼は平凡な農家の次男として生まれた。まだまだ戦争の傷跡はそこかしこに残されていたが、しかし今から社会は良くなっていくという希望をみんなが持っていた。そして実際、日本は朝鮮特需を経て高度成長期に入っていく。

その熱気の中で彼は成長した。成績も良く運動もできる。だが誰もそんなことで褒めてくれなかった。学校で得られる知識など糞《くそ》の役にも立たん。それが彼の周囲にいる人間の普通の感覚だった。親も高校を卒業したら働くものだと当然のように思っている。大人たちは己の進路を邪魔する者ばかりだ。そして同級生は馬鹿ばかり。このままではこっちまで馬鹿になる。彼はこんな片田舎で米を作るだけの一生を送りたくないと思った。思い続けていた。

つまり彼はその時点では、地方都市ならどこにでもいる高校生の一人だった。そして一旗揚げてやると家を飛び出した。誰もがそうするように東京を目指して。

最初に勤めたのが酒屋だった。繁華街の近くにある卸専門の酒屋だ。酒屋で繁華街への配達をしながら、金をある程度貯めて職を変えた。

小さいが客筋の良いバーだった。もちろんそこに来る客を摑《つか》むためだ。もともと頭も勘もいい。バーテンダー見習いは半年で終了した。時事からスポーツ、伝統芸能に歴史地理。広く浅く知識を蓄え、どのような会話にでも応ずることができた。バーテンダーと客の関係を壊さない身の程をわきまえた対応は、何十年もバーテンダーを務めた人間のようだった。彼目当ての客もどんどん増えていった。すべてを任されていた老バーテンダーも、俺の跡を継ぐのはこいつだと公言していた。

だが彼は老バーテンダーが引退するのを待たなかった。売上金をごまかしていると店のオーナーに告げ口し唆し、老バーテンダーに店を辞めさせた。

人たらしとは彼のような者を言うのだろう。店の一切を任された彼は、ここで数多くの人間と関わりを持つことができた。ここの客の大半がそうであるように、それなりの地位と権力を持った男たちばかりだった。もちろん関わりと言っても小さなものだ。所《しょ》詮《せん》はバーテンダーと客の関係なのだから。

それでもここで得た人間関係はとことん利用をした。

バーテンダーを辞めてから始めたのは不動産屋だ。ただし彼は宅地建物取引業の免許など持っていない。口利きをするだけ、と言えばそれまでだが、豊富な交友関係にものを言わせて、最後には原野商法まがいのことまでやって大金を手に入れた。彼には法を順守する気持ちが全くなかった。そんなものに縛られている人間は馬鹿だと思っていた。危ない橋を渡る人間に、まともな感覚の人間はついてこない。バーテンダーの時に築いた人間関係は徐々に失《う》せ、非合法な組織との関係が近くなっていく。

不動産業が役所に目を付けられた。やがて警察も動き出し、動きが取れなくなった。するとさっさと不動産を扱うのを止め、稼いだ金で中古車販売を始めた。これもまた盗品であろうとなんであろうと買い叩《たた》いて売りさばいた。独自の盗品売買ルートを築いていた。なんとなく自分でも気が付いていた。普通に商売をする気がないのだ。この時期飲食店も同時に何軒か経営していた。失敗はしなかったが、大成功でもなかった。つまらないと思った。生きている気がしなかった。

この頃、男は何度か結婚している。人を人と思わない。誰も信じない。そんな人間がまともな家庭を築けるはずもない。

どの相手とも半年と持たなかった。

最後に結婚したのは高度成長期が終わったと言われた頃。相手は銀行勤めの普通のOLだった。当時男は周囲の人間に「生まれて初めて本気で惚《ほ》れた」と吹聴《ふいちょう》していた。それは嘘ではなかったようで、それまで土地売買しながら決して自らは持ち家を持たなかった男が、二人の生活のために家を建てた。豪邸と呼べる家に高級車。それまでにもできなかったわけではなかったが、そんなことにはまったく興味がなかった。普通の幸せを幸せと感じられないのだと思っていた。それまでの男は。

そして最初の子供が生まれた。男の子だった。男は顕真《たかただ》と名付けてかわいがった。幸せの絶頂のはずだが、男は不安だった。失いたくないものがあるとこれほどに不安なのだと男は嘆いた。

案の定、彼の不安は的中する。

盗難車売買で関係があった中華系のマフィアとトラブルを起こし、間に入った暴力団まで絡んで縄張り争いへと発展した。

男のところにも警察は目を付け、何度か事情聴取を受けた。

中古車販売の販路はこれですべて絶たれた。男はすぐに新しい事業へと移行を始めた。その矢先だった。新築の家が焼けた。男は顕真を抱え、妻の手を引いて逃げた。固く繋《つな》いだはずの手が、いつの間にか離れていた。いくら考えてもどうしてそうなったのかはわからない。外にまで逃げ延びたのは男と息子だけだった。

屋敷はほぼ全焼だった。

間違いなく放火だ。男はそう思い警察もそう思った。誰かに恨まれてはいないか。事情聴取で男は何度もそう聞かれた。恨みなら腐るほど買っている。だが男は「わかりません」と答えた。

自分で復讐《ふくしゅう》しようと思ってのことではない。誰が犯人であってもどうでもいいと思っていたのだ。これは人並みの生活を送ろうとした自分への罰だ。彼はそう考えた。そして決意した。人間を捨てるべきだと。人間を捨てて化け物になろうと。

それから男は経営コンサルタントを名乗り、寄生虫のように企業に潜り込み金を吸い上げた。一時期は結婚相談所を開設していた。順調に会員数を増やしていたが、二年足らずで辞めてしまった。

男は自分が何を望んでいるのかがだいたいわかってきた。

彼は人を思うままに操るのが好きなのだ。それも権力や金を使ってではない。心から自分を頼り無条件で信じ、男が望むままに行動する人間を作り出すこと。そうすることで満足を得られる。いや、そうしないと満足できないのだ。

最終的に彼が宗教家の道に進んだのは当然のことかもしれない。

しばらく男は新興宗教に入信し、そのやり口を学んだ。世の中には騙《だま》されたい人間がうようよいるのだということを知った。

それから彼は神主不在の廃神社を買い取り、改築してそこを住居にした。小学生の息子を教祖に奉り、新宗教を立ち上げた。この頃愛人に子供ができていた。娘だった。しばらくは養育費を払っていたが、愛人に飽きると同時に娘への興味も失っていた。

信者は簡単に増えていった。三年間、地道に宗教活動を続け、宗教法人の設立の条件がほとんど整った。信者の中から最も愚直で従順な人間を三人選び責任役員にし、その中から一人を代表役員に選任し、都庁に届け出て、さらにいくつもの要件を満たし、書類を整え提出し、審査を受け、登記し、ようやく法人として認可された。行政書士の力を借りず、一人だけで山ほどある書類を整え提出したのだ。こうしてようやく宗教法人を立ち上げたのだが、それからわずか数年で造反者が出て法人を乗っ取られ、男は団体からはじき出された。

男はそのままですませるつもりはなかった。マスコミを利用しその宗教団体のスキャンダルをばらまき、一年とたたないうちに団体を解散させた。

本人はもう宗教法人に飽きていた。組織作りは実に面倒だった。宗教で人を操るのに法人組織など必要ない。一人のカリスマ教祖がいればそれだけでいいのだ。

かくして彼は、マスコミを利用し一人のカリスマを作り上げることにした。

息子の顕真を使って。

# 螺《ら》の章

## 1

三号棟のD教室には十名そこそこの学生しかいなかった。文華もその一人だ。心筋症とDesmin遺伝子異常に関する講義が今終わったところだった。他の学生たちが三々五々教室を去っていく。文華は一人残り、今朝家に届いていた分厚い封筒を鞄《かばん》から出した。ペーパーナイフで封を切り、中から取り出したのは一冊の洋書だ。タイトルは『SADAKO DX』。ケンシンがテレビで紹介していた本だ。実はしばらく前に海外のオカルト専門のネットショップで見つけて購入していた。手元に届くのに三週間ほどかかるということだった。偶然テレビで貞子事件を扱うことになったので、放映日までに読めればと思っていたが、結局間に合わなかった。だからケンシンがこの本のことを話題に出してきたとき、ちょっと驚いたのだった。

貞子事件は二十年前。文華が超記憶症候群を発症させたのも二十年前。何か因縁のようなものを文華は感じていた。それで気になっていたこの本を取り寄せたのだった。一般向けに書かれた本だ。教室の中で一時間も掛けずに読み切った。その内容はすべて頭の中に入った。

文華のような、記憶が決して消えない人の存在が知られるようになったのは二〇〇〇年代に入ってからだ。その研究はまだ始まったばかりだった。多くの患者に共通することは、自分で体験したことを日付と一緒にいつまでも覚えているということ。自らが経験したことの記憶をエピソード記憶というのだが、基本的に超記憶症候群患者がずっと覚えているのはこのエピソード記憶だ。

体験を離れた知識――山手線《やまのて》の駅名だの歴代の総理大臣の名前などといった経験と無関係な知識に対する記憶は意味記憶と呼ばれる。ほとんどの超記憶症候群患者は意味記憶に関しては一般人と変わらない。だから学校のテストが苦手な患者もいる。

ところが文華は意味記憶も消えない。ただしそれは一部のサヴァン症候群患者がそうであるように映像として記憶している。これを映像記憶、あるいは直観像記憶などという。文華の場合は、書籍を読むとその一頁一頁がスクリーンショットを撮るように一枚ずつの写真として記憶される。そしてタイトルと頁数は、その画像と紐《ひも》づけされて記憶され、索引として機能する。本の内容を知りたいときは、まず〈あの日のあの時に読んだ本〉という記憶からお目当ての書籍の何頁だったかを思い出す。頁数がわかればその頁の画像を脳内に浮かべ、普通に本を読むように内容を読み取れる。こう書くとややこしいようだが、要するに頭の中に何万冊という本を所蔵した図書館があるのだ。そして義行が彼女に言ったように、文華はその巨大な図書館に精通した優秀な司書なのだ。

これがどういうメカニズムなのか、まったく解明されていない。何しろ超記憶症候群患者は世界中で五十人あまり。研究例もほんのわずかだ。多くの患者が、などと言っているが、本当に多いのかどうかもよくわかっていないのだ。

文華は鞄から水筒を出し、温かいほうじ茶を音を立てて飲んだ。そしてタブレットを開き、いつものSNSを見た。

流れる投稿を見ていくと、感電ロイドからの投稿があった。

——こんなの見つけた。

文章はそれだけで、映像が添付されている。タイトルは『助けてください、呪われてしまいました』。『Kenshin：お祓《はら》いは済ませてあります』というキャプションが添えられていた。

そのタイミングで教室に学生たちが入ってきた。次の講義に使われるのだろう。文華はタブレットを手にして教室を出た。広い廊下の端に寄り、そこで動画を再生した。

投稿日時は昨夜の二十一時五十五分。映像はスマホで撮影された縦長の画面だ。屋外だ。画面に映っているのは若い女性。落ち着きなく左右を見回している。怯《おび》えているようだ。

「愛ちゃん、大丈夫。俺がずっとそばにいるから」

撮影者の声だろう。若い男の声だ。

女が遠くを見ている。

視線の先にカメラを移動するが何もない。

「来ないで！」

何もない方へと向かい、叫び、後退《あとじさ》る。

何かから逃れているように見えるが、何の姿も見つからない。

「愛ちゃん、いったい何が来たの」

愛は返答の代わりに「ぎゃっ」と押しつぶされたような悲鳴をあげた。

そして首を搔《か》きむしり始めた。首に巻き付いた何かを取ろうとしているかのようだ。

苦しそうな顔で愛はカメラの方を向いた。

「私のこと守るんじゃなかったのかよ！」

顔を歪《ゆが》めて怒鳴った。

動画を撮っている男が何か言おうとしたのだろう。だが言葉にはならず、もごもごと口ごもるだけだ。

愛の顔がみるみる紅潮していく。

充血した目で愛はカメラの方を睨《にら》みつけた。

腕を前に突き出すようにして、二、三歩前によろめく。

そしてお辞儀でもするように腰を曲げ頭をぐいと下げた。

そのまま身を投げるようにして前転する。

ぐるりと身体が前に回転し、ばたりと仰向《あおむ》けに横たわる。

カメラが近づいた。

えっ、えっ、と明らかにうろたえた男の声がする。

女は充血した目を零《こぼ》れ落ちそうになるほど見開き、顎《あご》を裂かれたかのように大口を開いていた。

「ごめんよ」

弱々しい男の声を最後に映像は途切れた。

投稿に紐づけされた返信がその下に並ぶ。

――なにこれ。

――グロ動画？

――コントかな。

――さすがロイドさん、貴重な映像をありがとうございます。

最後に感電ロイド自身からの投稿があった。

――頻発している突然死を偶然撮った映像、っていう風だけど、どうだろうね。フェイク映像かも。ダークウェブの底から漂《さら》ってきた映像だから、アカウントとかたどるのは難しいかもしれないけど、もう少し調べて後日報告します。

文華はほっと息をついた。

彼女にはフェイクかどうかわからないが、迫力のある映像であることに間違いはなかった。愛、と呼ばれていた女性は見る限りでは息絶えていたようだ。フェイクならひどく悪趣味ないたずらだ。

無性にコーヒーが飲みたくなった。砂糖をたっぷり入れた甘ったるい奴だ。学内のカフェに行こうとタブレットを閉じた途端、スマホの着信音が鳴って飛び上がりそうになる。

見てみると双葉からだった。こんな時間に直接電話してくるなんて珍しい。

「双葉、なに、こんな時間に？」

――お姉ちゃん、あたし、死なないよね……。

怯え切った声だった。

「何を言ってるの」

――……昨日、ちょうど夜十時頃に……観ちゃったの。

「観たって？」

――お姉ちゃん、ごめんなさい。居間に置いてあった呪いのビデオ、観ちゃったの。

呪いのビデオを観たら二十四時間後に死ぬ、と言った時のケンシンの表情まではっきりと思い出した。

「観たものは仕方ないけど……で、何かあったの？」

――それからずっと、尾《つ》けられてる。

今にも泣き出しそうだ。

「それって白い服の？」

――そう白い服。汚れてるけど、ほら人間ドックとかに行ったら着るような、あれに似てる。

「それで長い黒髪」

――髪はあんまりない。黒髪というか、半分白髪。

「はあ？」

――あの、静岡の太平叔父《おじ》さんがいるんだよ。

「……あのね、静岡の叔父さんは足、骨折して入院してるでしょ」

――それは知ってるけど、いるんだって。最初はなんで太平叔父さんがって思って近づいたんだけど、そうするといなくなっちゃって。気づくと少し離れてこっち見てるの。だんだん恐くなって。

背後から「やっぱり見えないよ」の声が聞こえた。

――祥子《しょうこ》がここにいるんだけど、祥子に聞いたら、あたしにしか見えてないみたいで……。

また背後から「うちの生徒しかいないよ」の声が聞こえた。祥子は双葉の級友だ。

――絶対おかしいって！　なんであたしだけ見えてるの。しかもだんだん近づいてきてるし。どうしようお姉ちゃん！　あたし、呪われたの？

パニック寸前の声だ。

「落ちついて。静岡の叔父さんがそこにいるわけないし、呪いなんてありえない」

文華の声は自信たっぷりだ。

──あたしだってそう思ってたけど……なんか怖くなって。

「分かった。原因、調べてみるから」

──ほんとに！　お願いします。

向こうで頭を下げている双葉の姿が文華には見えた。

「何かわかったら連絡する。安心して。絶対に双葉は守るから」

それは文華自身の決意表明だった。

2

こぢんまりとした三階建てのその建物は、どこか地方都市の小さな美術館を思わせた。とりたてて看板があるわけでもなく、石造り風のモダンな大門をくぐって中に入るにはなかなかの勇気がいる。

文華は名刺で何度か確認して、間違いないと奥へと進んだ。前庭を越えガラス張りの玄関扉を押して中に入る。

そこで確信した。

間違いない。

ここがスピリチュアルサロン・ケンシンだ。

エントランスホールには霊媒師ケンシンとしての履歴、中でもその輝かしい業績が書かれたパネルが飾られている。その他は明らかにカメラマンに撮らせたであろう宣材写真のパネルが何枚も貼ってあった。右も左もケンシンの顔だらけだ。

棚にはトロフィーやケンシンが表紙になった雑誌が並んでいた。引き伸ばしてパネルにしたインタビュー記事も飾られている。

初対面の時、第一印象としては〈良い人〉でありながら、どうしてもケンシンという人物に不信感を覚えていた。あの自分の直感はそれほど間違いではなかったとつくづく思う。

自己顕示欲をナルシシズムで煮詰めたような部屋に胃もたれし一息ついた。

受付は二階、の表示を見つけた。階段を上がろうとするとスマホが着信を告げた。メッセージアプリを開くと、静岡の太平叔父さんからだった。

——連絡ありがとう。やっと来週退院できるよ。

ベッドで自撮りした叔父さんの写真が添付されていた。静岡の病院からだ。少なくとも双葉の目撃したものは太平叔父さんではない。

ゆっくりと弧を描く階段を上るとまた扉があった。それを押し開けて中に入る。

真っ先に目に入るのがケンシンの著作だ。『全ての瞬間が私だった』『偽りの霊能力・

真実の霊能力』『霊媒師として生きる理由《わけ》』。

『スピリチュアル写真集——生《き》のまま』の表紙は半裸で空を見上げるケンシンだ。

『自然の囁《ささや》きを聴け』と題したCDのジャケットも微笑むケンシンだ。

その横はほとんど土産物コーナーだった。純金製の四神の置物。木箱に入った豪華な数珠《じゅず》。密教・古神道・修験道《しゅげんどう》に道教まで揃った様々な呪符《じゅふ》、扇、鈴、札《さつ》入れ。

それらに圧倒され立ち竦《すく》んでいると、順番を待っている客の応対をしていた女性に呼び止められた。

「何かお手伝いできることがございますでしょうか」

筆で「微笑」と書かれたような笑顔だ。

「ケンシンさんにお会いしたいのですが」

「はい、では、お名前を」

予約が書かれているのであろう大きなファイルブックを開いた。

「一条文華です。予約はしていませんが、どうしてもケンシンさんに至急確認したいことがあるんです」

洗い流したように一瞬にして笑顔が消えた。大きな音を立ててファイルブックをぱたんと閉じる。

「申し訳ございません。本日はご予約でいっぱいでして」

でして、の辺りからソファーで待つ見るからに裕福そうな人たちに笑顔が向けられていた。

「申し訳ありません。あと少々お待ちくださいお飲み物のおかわりはいかがですか」

もう文華はいないものとして接客が始まった。

「あの、ちょっと」

後ろから声を掛けた時だ。

外から若い男の叫び声が聞こえた。

「死んでやる！」

誰がどう考えてもただ事ではない。

受付の女性が「少々お待ちください」とことわり、前庭へと出た。文華もその後を追って外に出る。

「愛ちゃん、ごめんよ、愛ちゃん」

叫び声は建物の屋上から聞こえていた。若い男がフェンスに手をかけ、越えようとしている。

「今から行くからね、愛ちゃん」

その声に聞き覚えがあった。あの『呪い殺される愛ちゃん』の動画の撮影者の声だ。

「早まらないで！　冷静になって！」

この声にも聞き覚えがある。

ケンシンの専属マネージャー、間宮瑞江だ。

「冷静になれるわけないでしょ！」

男が叫ぶ。

「先生は半年先まで予約で埋まってるんです。半年待っていただければ、ご相談に応じられますよ」

「それまでに死んじゃうよ……ケンシン先生！」

ケンシンが止めに来たようだ。

「俺のことは見殺しにするんスか、先生！」

「落ち着きなさい」

確かにケンシンの声は落ち着き払っている。

「落ち着けるわけないです」

ぐす、と洟《はな》をすすった。泣いているのか。

「諦《あきら》めてはならない。心を強く持ちなさい。諦めた時が終わりの時なのですよ」

男は紙袋の中からビデオテープを出してきた。

「……こんなビデオなんて観るんじゃなかった……呪い殺されるぐらいなら、こっちから死んでやる」

「死ぬならよそで死んでよ」

そう言ったのはさっきの受付の女性だ。

「う、うるさい。愛ちゃん、俺もすぐ行くよ！」

男はフェンスからぐいと身体を乗り出した。

屋上を見上げる文華と目が合った。

文華が言った。

「私もそう思います」

えっ、という顔で男は文華を見た。

「そこから地上までおおよそ十メートル。確実に死ぬには少し高さが足りません。かなりの確率で生き残る可能性がある。地上十メートルから自由落下した場合、落下速度は時速約五〇キロ。あなたの体重を六〇キロと仮定すると、単純計算で衝撃力は約二十トン。土砂を積んだダンプカーで押し潰《つぶ》される力と同じです。じゃあ死ぬだろうと思うかもしれませんが、落ち方次第ですね。両足の複雑骨折。脊髄《せきずい》破砕。座骨粉砕骨折。脳挫《のうざ》傷《しょう》。死に至らなければ障害が残るケースが多い。ただただ痛い思いをして結果一生車椅子の生活になる可能性が高いわけです」

「もう止めてー！」

悲鳴混じりでそう叫ぶと、男はフェンスから手を放し耳を塞《ふさ》いだ。

「もう勘弁してぇ。頼むか……」

そこで急に黙った。

男がまたフェンスに手を掛ける。

その目が驚愕《きょうがく》に見開かれている。

そして男は前庭を指差した。

文華たちのいる、その後ろ辺りだ。

「来た来た来ました。そこに白い服着ている人いるでしょ。それですよ、それ」

文華たちが振り返ったが、誰もいなかった。

「だからそこだってば」

叫んでいると背後からケンシンに羽交い絞めにされた。

「さあ、いったん中に入ろうか」

そう言いながらケンシンは男をフェンスから引きはがした。

3

「先生、ご予約のお客様には帰っていただきました」

瑞江が言うとケンシンは鷹揚《おうよう》に頷《うなず》いた。

「次、優先的に入れてあげて」

「わかりました」

そう言うと瑞江は一礼して部屋を出て行った。

ロココ調の「高級家具ってこんなもんですよね」と言われているような装飾過多の大きなソファーが、これまた豪華な猫足のテーブルをはさんで向かい合わせに二脚。それぞれに自殺未遂の男と文華が座り、その間の玉座のような椅子に深く腰を下ろし脚を組んでいるのがケンシンだ。

ここはケンシンが来客の応対をする部屋のようだ。

「これ、観て下さい」

スマホを取り出した男が、あの若い女性が不自然な突然死をする場面を記録した動画をケンシンに見せた。

「これ撮ったの、自分なんです」

文華も後ろに回ってスマホを覗《のぞ》き込んだ。

感電ロイドがSNSに投稿した映像と同じだ。違うのは『Kenshin：お祓《はら》いは済ませてあります』というキャプションがないことだ。

「私宛てに動画を送ってきたのは君だったのか」

ケンシンが言うと、男は「はい」と頷いた。

動画は『占いの王子様・前田王司』のアカウントから投稿されていた。つまり今目の前にいる若い男が前田王司ということになる。文華はそこに書かれているアカウント情報を読み上げた。

「占いの王子様。24時間営業。都内近郊ならどこでも伺います。まずはご相談を。マエダオウ・ツカサ」

「前田、王司」

「名前が王司？」

「そう、生まれながらの王子ですよ」

「ああ、そう」

全く興味はなさそうだ。

「で、なんでこんな動画を」

話を先に進めたのはケンシンだ。

王司は文華が席に戻ってから話を始めた。

「ネット中心に霊感占いで人生相談をやってます。まだ駆け出しだけど……昨日、呪いのビデオを観たって、愛ちゃんから相談を持ちかけられて」

「愛ちゃんは知り合い？」

ケンシンが訊《たず》ねると、王司はにっこり笑って「初対面の相談客です」と答えた。

「え。初対面の相手を下の名前で呼びます？」

地球は平面なんですよと言い出した人を見る目で文華は王司を見た。

それをどう感じたのか、王司は「イケメンが胸キュンな台詞《せりふ》を言いますよ」という顔で言った。

「男と女が一度出会ったら」

ここでいったん溜《た》めをつくる。

その溜めが長い。

話題を変えてやろうと文華が思ったとき、王司はようやく鼻の下を人差し指でこすって言った。

「それはもう運命でしょ」

「ああ。そういう感じの人ですか」

文華が切って捨てるようにそう言った。これが面接なら「落ちたな」と思う瞬間だ。だが王司は欠片《かけら》も落ち込むことなく、さらに前のめりになって言った。

「そういう感じの人とかそんなことはどうでも良くて、呪いのビデオって、コピーして他人に見せれば助かるって噂あるじゃないですか？」

「貞子の言い伝えではそう言われているな」

ケンシンが言う。

「俺、一緒に観たんです。愛ちゃん家《ち》行って一緒に。どうしても愛ちゃんを助けてあげたくて……なのに……なんであんなことになっちゃうんですか」

「その人、持病とか抱えてなかったんですか？」

文華が訊ねる。

王司は黙って首を横に振った。

「彼女がビデオを観た日時は？」

訊《き》いたのはケンシンだ。

「死ぬ、ちょうど二十四時間前です」

「つまり貞子に呪い殺されたということか」

念を押すようにそう言った。

「あっ、一つ質問いいですか」

プリーズ、と言った王司に半分重ねるように文華は言った。

「この映像には『Kenshin：お祓いは済ませてあります』っていうキャプションがついてないんですけど、あれはあなたが後でつけたんですか」

「えっ、それ、何ですか」

「もしかして知らない」

王司は頷いた。

「じゃあ、ケンシンさんがキャプションをつけて動画共有サイトにアップしたんですか」

「私も何のことかわからないのだが」

「……今、動画共有サイトにこの映像がアップされているんですよ」

文華はそう言ってケンシンと王司の顔を交互に見た。二人ともそんな話は初めて聞いたという顔をしている。

「一度ネットにアップされたら、どんどん広がっていく。広がった後は元映像を消去しても、ネットから全部消すことはできません。いわゆるデジタルタトゥーですよね。お二人ともそんなところにアップロードしてないんですね」

「してないな。してない証明をしろと言われてもできないがね」

　ケンシンが言った。

「ケンシン先生、やっぱり呪いはあるんですよね」

　それまでの話題を断ち切って王司が言った。

「やっぱり……やっぱり俺も八時になったら」腕時計をちらりと見てから唐突に大声で叫んだ。「あと四時間で死ぬんだ！」

　ケンシンが立ち上がる。

　王司の背後に回り、その肩を摑《つか》んだ。

「その呪い、祓ってみせよう。すべて私に任せなさい」

　ぴょんと立ち上がり、王司はケンシンの足元に跪《ひざまず》いた。

「ケンシン先生！　この身もこの心もすべてを先生にお預けします。どうか、どうかよろしくお願いいたしまする」

＊

　巫女《みこ》姿になった瑞江に先導され、王司と文華は長い廊下を歩いていった。

「こちらがさだめの間です」

　そう言って瑞江は扉を開いた。扉には『運命の間』のプレートが掲げてあった。

「〈運命〉と書いて〈さだめ〉と読む。カッケェ」

　呪いをすっかり忘れたかのようにはしゃぐ王司を見る文華は呆《あき》れ顔だ。その呆れ顔の文華に、王司は不思議そうに訊ねた。

「なんで一緒に来るの？　ビデオ観たら呪われるよ」

「私そういうの信じてないので」

「俺だって信じてないけど呪われちゃったんだよ。そうだよ。呪われちゃったんだよ。思い出したよ。死にたくないよ。どうしたらいいんだよ」

涙声になった。

かなり情緒が不安定だ。

「席にお座りください」

瑞江が言う。

二人の前に椅子が二つ並んでいた。瑞江にぐいぐい押され、それぞれの椅子に腰を下ろす。椅子の正面には大きな祭壇があった。神棚には米、水、塩などの供え物や榊《さかき》に紙垂《しで》を付けた玉串《たまぐし》や御幣《ごへい》、注連縄《しめ》があるかと思えばその前には派手な護摩壇があり、立派な香炉も置かれてある。

「神仏混淆《しんぶつこんこう》とは言うけど、ちょっと極端すぎないかな」

文華が呟《つぶや》く。

と、祭壇横にある階段からケンシンが降りてきた。神職の服である衣冠《いかん》を簡略化したうえで、金糸銀糸でやたら派手にしたような衣装に着替えている。

一度祭壇に向かって頭を下げ、二人の方を振り返った。

「ようこそ運命《さだめ》の間へ。さあ始めましょうか」

瑞江がキャスター付きの大きな液晶ディスプレーを祭壇の前に運んできた。祭壇が大型のモニターで隠された。

「例の物を」

ケンシンがそう言って王司の方を見る。

「例の物？」

首を傾げる王司に、文華が「呪いのビデオじゃないですか？」と囁《ささや》いた。

「あっ、そうか。そうだよね」

言いながら膝《ひざ》の上に置いていた紙袋から、ごそごそとビデオテープを出してきた。

「まさに、これが、現物」

横から顔を出した瑞江が、恭しくビデオを受け取った。モニターに繋《つな》がれたビデオデッキにテープを突っ込む。

次に瑞江は三方《さんぼう》に載せた剣を持ってきた。柄《つか》のところに金剛杵《こんごうしょ》と同じ装飾がなされた不動明王の法剣だ。ただし刀身の根本、鎺《はばき》に奇妙な紋章が刻印されていた。普通ここには家紋などが入るのだが、その紋章は道教のシンボルである太極図に似ていた。ただし世界のバランスを説く太極図は点対称、一八〇度回転すると元の図に戻るようになっている。が、その意匠は非対称でいびつだ。

ケンシンは一礼してそれを受け取る。

「再生！」

いきなり大きな声でそう言うと、瑞江はデッキの再生ボタンを押した。

モニターのブルーの画面の左上に『再生』の文字が浮かぶ。

どん、と腹に響く音がした。

ひい、と情けない声を上げて王司が腰を浮かした。

巫女姿の瑞江がバチで一抱えもある大太鼓を叩《たた》いたのだ。

ケンシンは文華たちに背を向け、モニターへ向かった。右手で剣を持ち、頭上へと持ち上げると、再び太鼓がドンと鳴った。

モニターに映るのは水中の映像だ。視点は水の中をゆっくりと移動していく。

「井戸だ。井戸だよ」

王司は震えながら文華の腕を摑もうとして振り払われる。

「阿毘羅吽欠蘇婆訶《あびらうんけんそわか》。阿毘羅吽欠蘇婆訶。阿毘羅吽欠蘇婆訶。阿毘羅吽欠蘇婆訶。阿毘羅吽欠蘇婆訶」

大日《だいにち》如来の真言を唱えながらゆっくりと剣を振り下ろす。

太鼓の音が断続的に響く。

そのたびにひぃひぃと王司が声を上げる。

法剣は、右へ、左へと宙を舞い空《くう》を切った。

文華は剣を持って舞い踊るケンシンの身体を避けて、その横からモニター画面を見続けていた。

コケだらけの石壁を伝い上へと視点が動いていく。井戸の中から見上げた空がまばゆい。

瑞江がしゃらしゃらと神楽鈴《かぐら》を鳴らした。

真言がいつの間にか呪文へと変わっていた。

「呪いの渦に巻き込まれし者よ。神をも見捨て行方のない魂よ。わが前に立ち塞《ふさ》がることと許さぬ」

振る剣に力がこもり、風を切る音がする。

「古きしかばねを捨て、今こそ生まれたままの魂でここへ蘇《よみがえ》りたまえ」

ケンシンが大きく息を吸い、法剣の柄を両手で摑んだ。

太鼓が叩かれ、鈴が鳴る。

「我はこれに報い、求め訴えたり」

「あれ、あれ！　ほらあれ」

のけぞるようにして王司はモニターを指差していた。

視点は水の中から水面に上がり、地上へと出ていた。

「怖いよ、文華ちゃん」

「触るな、近づくな、ソーシャルディスタンス」

伸ばした手を叩かれる。

「それから名前を呼ばないで、ちゃん付けを止めて」

「命令が多すぎてわからないよ、文華ちゃん」

「だから『ちゃん』を付けるなと言ってるでしょ」

太鼓も鈴も鳴りやんだ。

ケンシンは呼吸を整えながら、法剣を大上段に構えた。

王司が息を呑《の》む音が大きく聞こえた。

「天魔覆滅《てんまふくめつ》！」

その声と共に剣を振り下ろした。

まっすぐ振り下ろされた法剣はモニターをかすめ、床ぎりぎりで止まっていた。

「あっ」

また王司がモニターを指差した。

「いい加減静かにしてもらえますか」

「あれ、見て。この建物だよ」

確かにモニターに映っているのはスピリチュアルサロン・ケンシンだ。

それを最後にふつりと映像は途切れた。

「昨日見た時は愛ちゃん家《ち》だったのに！」

「映像が変わったということですか」

ケンシンが荒く息をつきながら立ち上がった。

「これで君は呪いから解き放たれた」

　ケンシンはそう言うとにっこりと微笑んだ。

「本当ですかあ！　あでぃがどーござまず、ぜんぜ！」

　王司は床に跪《ひざまず》き、ケンシンの足にしがみついた。

「ほんどにほんどにあでぃがどーござまず」

　涙と鼻水を垂らしながらそう言う王司を引き剝《は》がしながら、瑞江は「おひかえくださ い」と言った。どうやらこういう人間にも慣れているようだ。

「あの、今のビデオなんですけど」

　文華が言った。

「なんだね」

「どうして最後にこのサロンが映ったんですか？」

　涙と鼻水とついでに涎《よだれ》でぐしょぐしょになった王司が言う。

「ざだごだじょ、ざだご」

「はいこれ」

　文華はポケットティッシュを王司に渡した。王司は音を立てて洟《はな》をかみ、言った。

「貞子がビデオを観た人間をロックオンして近づいてくるんだ」

「全て、怨念《おんねん》の力によるものです」

　ケンシンが言う。

「そうなんだよ。それは怨念の力なんだよ」

震える声で王司が言った。

「……フェイク映像かもしれません」

文華が言った。

「えっ……笛吹く圓蔵《えんぞう》かもしれない？　あの八代目の」

「そんなこと言ってません。っていうか、なんで落語にはそんなに詳しいんですか」

「えっ、八代目圓蔵って落語家なの？」

「なんていうか、知識の偏り方が半端じゃないですね」

「知事の肩よりアンパンじゃないって？」

「なんで突然耳が悪くなるんですか」

またなにか言いかけた王司の目の前に、ぐいとビデオテープが差し出された。

瑞江だ。

「呪いは祓《はら》われました。お持ち帰りください」

「ええっ、俺が持って帰るんですか。こういうのって、ほら、お焚《た》き上げとかなんとかするんじゃないんですか」

「もうそれはただのビデオテープだ。君が適当に処分すればいい」

ケンシンが言った。

「本当に、本当にこれで呪いは祓われたのでしょうか」

言った文華を、ケンシンは、きっ、と睨みつけた。だが口元は笑っている。

「言ったはずだよ。そこまで言うなら今起こっている呪いの原因を解明してみせなさいと。ＩＱ２００の力をもってすれば、そんなことたやすいんじゃないんですか。それともあれはマスコミ向けの宣伝なのかな」

「あれはただの数値です。宣伝にもならない」

「だったら試みてみればいいじゃないか。一歩踏み出してみようか。トライアルアンドエラーなんだろう」

間髪を容《い》れず王司は言った。

『虎威張るやん、どえらい』って何」

即座に文華が突っ込んだ。

「そんなこと言ってません。なんで関西弁。そして倒置法」

いやいや、と文華は首を振る。

「そんなことはどうでもいいんですよ。わかりました。私は私なりにこの呪いを調べます。それじゃあ失礼しました」

くるりと踵《きびす》を返し文華は出ていく。

「あっ、ちょっと待ってよ、文華ちゃん」

そう呼び掛けてから、王司はケンシンの方を見て深々と頭を下げる。

「ありがとうございました。本当にありがとうございました。心から感謝します。一生このご恩は忘れません。ではではでは」

言うだけ言って、慌ただしく出て行った。

「今日はもう客はいないんだよな」

背後でじっと見ていた瑞江に言った。

「ええそうです。皆断りましたから」

「じゃあ、この部屋を片付けたら、君も帰っていいよ」

「あの、先生」

瑞江はケンシンと目を合わせずに言った。

「どうした」

「呪いのビデオは、あまり余興扱いするのは、ちょっと……」

「やめろって？」

「いえ、そうではありませんが、もうちょっと扱いにはお気を付けになった方がいいんじゃないかと」

「君もそんなことは信じていないんじゃなかったのか」

「何か、いやな予感がするんです」

「それで君はビデオを見ないようにしていたんだな」

瑞江は黙って顔を伏せた。

「……なるほど。その予感、当たっているかもな」

瑞江は「えっ」と顔を上げた。ケンシンと目が合った。

声を出してケンシンは笑った。

「嘘だよ。冗談だ。大丈夫、私は損得をしっかり考えて商売をしているよ」

そう言ってまた笑う。

しかし笑わぬ目は、じっと瑞江を見ていた。慌てて目を伏せ、瑞江は言った。

「余計なことを言いました。この部屋の整理をしたら今日は帰ります。明日《あした》は午前九時から雑誌の取材が入っています。事前に電話してからお迎えにあがりますので、よろしくお願いします」

そう言うと、逃げるように部屋の片付けに取り掛かった。

4

スピリチュアルサロン・ケンシンを出て、文華は足早にその場を去っていく。日はすでに傾いていた。

王司は後ろからはあはあ言いながら追いかけてきた。

「待って、ねえ。ちょっと待って！　あの！　俺にも手伝わせてよ！」

文華は立ち止まって振り返った。

「はい？」

「いや……愛ちゃん助けられなかったからさ。もし呪いを解明できるんだったら天国の愛ちゃんを安心させてあげたいんだ」

そこまで聞いて頷《うなず》くと、文華は再び速足で歩きだした。

「私が安心させたいのは妹です」

喋《しゃべ》る文華の横を、散歩に連れ出された子犬みたいに王司は小走りでついていく。

「妹さんも……呪いのビデオ……観たの？……いつ？」

息を切らしながら王司は言う。

「昨日の夜十時。だからあと三時間半以内に、この問題を解明します」

「それならあと一時間三十分のうちに解明しようよ……」

「それって、あなたが観た夜八時までにっていうことですよね。ケンシン先生を信じてないんですか？」

「信じてる！　信じてます！　念のためっていうか、もしもの時の備えっていうか」

「信じない方がいい」

「えっ」

「っていうか、今日のケンシンさんとあのオフィスを見て、どこに信じられる部分がありましたか」

「全部。俺はケンシン先生を尊敬してるから」

喋ると足が遅くなり、王司はどんどん後ろに下がっていく。

「あ！　一人にしないでー！」

再び小走りで追いつく。

「純粋というか単純というか、それは美点かもしれませんが」

王司が横についてきているのを確認してから話を続ける。

「自分をとにかく大きく見せようとするあのオフィスのありようはまあいいでしょう。ケンシンさんも商売なんですから。それで霊能力が本物ならね。でも……」

王司がまた遅れだした。

文華は立ち止まり、言った。

「なんでそんなに足が遅いんですか」

「仕方ないでしょ」

ぜえぜえと舌を出して犬のように息をしながら王司は言った。

「運動不足が過ぎます。もう少し身体を鍛えましょう」

「はい」

「じゃあ、どこかで食事しながら説明します。おなかがすきました」

王司の顔に笑みが広がる。

「いいですねえ。俺がご案内しましょう。馴染《なじ》みのレストランが」

言いながら片腕をくの字に曲げた。文華が腕を組んでくる待ちだ。だが、王司の方を見ることもなく、文華はすたすたと歩いていく。その先にちょっと大きめの喫茶店があった。喫茶店と呼ぶのにふさわしい昭和の風情のある店だ。

扉を押すとカウベルに迎えられた。

文華は迷うことなく入り口に一番近い四人掛けの席に腰を下ろした。横に座ろうとして睨《にら》まれた王司は正面に座る。

「俺は君と一緒に食事できるのが嬉《うれ》しいけど、でもこんなことしててもいいのかな。こうやっている間にも貞子がこっちに狙いを」

白い服を着た髪の長い女がすぐ横に立っていた。

「ぎゃあああああ」

悲鳴を上げて王司は椅子から立ち上がろうとした。

「どうなさいました、お客様」

コップをトレイに載せてやってきたウエイトレスだった。

「あっ、なにもないです。すみません」

何事もなかったようにメニューを見ていた文華が言った。

「私はこの『ピーマンたっぷりナポリタン』」

「ええと、俺はね、俺はこのミックスサンド。いや、それは止めて、こっちの『マスター お薦め卵サンド』をコーヒーとセットで。卵は少し硬めにしてください。えっ、駄目なの？ じゃあ普通で。いや、ちょっと待てよ。こっちの『チーズたっぷりカレーグラタン』もいいなあ」

「あ、この人にはミックスサンドとコーヒーのセットをお願いします」

はい、ありがとうございますと言ってウエイトレスは去っていった。

「ひどいよ。まだ注文途中なのに」

「迷ったときは最初に選んだものにしなさい」

「はい」

「で、ケンシンさんのことです。祭壇や衣装などが密教や古神道、修験道なんかのごちゃまぜであるのは良しとしましょう。新興宗教ではありがちのことですし、まして民間の霊能力者なんですからあんなものでしょう。でもいくら何でもあの儀式はインチキすぎる。阿毘羅吽欠蘇婆訶《あびらうんけんそわか》は大日如来の真言。あの法剣は修験道で用いる不動明王のもの。マネージャーが持っていた神楽鈴《かぐら》は神道で巫女《みこ》が使うもの。まあその辺りはごっちゃでも問題ありません。さっきも言ったようによくあることです。問題はそのあとの適当な呪文《じゅもん》に続いての締めの言葉。『我はこれに報い、求め訴えたり』は、西洋魔術で用いる魔導書《グリモワール》『黒い雌鶏』の有名な一節『エロイムエッサイム、我は求め訴えたり』の模倣でしょ。いくら何でも密教や神道と西洋魔術を一緒にした呪文に効き目はなさそうです」

そこまで一気に説明して、王司を見た。

「ごめん。何一つとして理解できなかった」

で？　という目で文華を見ている。文華は表情一つ変えずに言った。

「もう一度説明しましょうか。それとも諦《あきら》めますか」

王司はじっと文華の目を見て、言った。

「諦める」

「要するにケンシンさんは何もかも胡散臭《うさんくさ》い偽物だと私は確信した、ということです。なので問題は自力解決しなければ」

文華はタブレット端末を取り出して起動する。

「やはり二十年前のあの事件に何かヒントがある可能性は高いです」

独り言だ。

「『SADAKO DX』は、二十年前に感染する突然死現象に巻き込まれた人間を逐一調査していた。事件から十年は経っていたが、関係者の口は重かった。それでも地道な調査を続け、関係者と思える人間男女合わせて二百五十名あまりに取材した。その中で奇跡的にビデオを観ながら生き延びた少女がたった一人いた。Tと記されている彼女は最初に死亡した数名、山荘で発見したビデオを観た一次感染者《Primary infected》たちの友人で、その死にも立ち会っている。映像は断片的にしか観ていない。そしてそれが唯一の延命策であることを知らず、七日間の猶予ぎりぎりでダビングしたビデオを友人に見せた。ダビング時にもきちんと観たわけではないらしい。取材は日本でなされているのだから、彼女が今日本にいる可能性は高いだろう」

文華は親指を耳の下にあて、ぐいぐいと頸動脈《けいどうみゃく》付近を揉《も》んだ。こうすると脳への血流が良くなる、と信じていた。

目の前に本がある。最後に謝辞を述べてある。全部で六十五名。生き延びた少女はこの中に含まれている可能性が高い。だがここにTの記述はなかった。せっかくすべてを仮名で記したのだ。ここに実名を記しているとも思えない。

「直接話ができないだろうか」呟《つぶや》きタブレットで時間を確認した。

「時間的には不可能だ。いや、不可能か？　そんなことはわからない。やってみろ。できることは最後まで諦めずに」

スマホを取り出した。電話を入れる。

「久しぶり、ちょっとお願いがあるんだけど…………。ああ、もちろん。願いを聞いてくれたらなんだってするから」

相手は海外出版のエージェントをしている知人だ。

「アメリカの科学ライターでアンケ・D・シャクターっていう人物に連絡を取りたいの。……そう。今すぐ。……うん……うん、わかってるけど……ありがとう。じゃあ言うね」

タイトルと出版社を告げた。

「悪い。今度なんでもするから。……それはセクハラ。じゃあ、お願いね」

文華がそうしている間、王司はただただ怯《おび》え、周囲をきょろきょろと見回していた。まるで近づく肉食獣のにおいを嗅《か》ぎつけた兎のようだ。

その背後からすっと長い黒髪の女が現れた。

「うぎゃああ」

また叫んで椅子から転げ落ちた。今度はすぐに気が付いたようだ。

「あんたか」

「お待たせしました」

「頼むからもっとわかりやすく近づいてよ。心臓に悪いよ。心臓に悪い？　いやいやいや、そんなことで死なないから」

「ピーマンたっぷりナポリタンです」

ウエイトレスは途中から王司を無視して、テーブルにスパゲティの皿を置いた。ようやくそれに気づいた文華は、隣の椅子に移動して、フォークとスプーンを手にした。

「いただきます」

そう言うと名前通りたっぷり載ったピーマンを、フォークで皿の端に取り除《の》け始めた。

「たっぷりピーマンを頼んで除けるんだ」

「ピーマンが入ることで風味が変わるんだけど、ピーマンそのものは好きじゃないの。そんなことってあるでしょ」

「あまりないと思うよ。でもよくこんな時に食欲があるね」

「ミックスサンドお待ちどおさまです」

さっきのウエイトレスが持ってきた。さすがの王司ももう驚かない。

「自分も頼んでるじゃないですか」

「頼みはしたけど、それはなんていうか、あの時の雰囲気というか、一緒に注文した方が恋人的なイメージが、いや、なんでもないです……そうじゃなくて文華ちゃんは平気なの？　呪いの殺害予告されて」

「名前で呼ばないでください。それから、ちゃん付けは絶対に止めてください。場合によってはげんこつで殴ります」

少しも目が笑っていない。

「すみませんでした」

思わず深々と頭を下げた。

「……で、一条さんは呪いのビデオ観たんだよ。分かってる？　自分も呪われたかもしれないのに平気なの？」

「重要度によっての優先順位があります。『呪われているかもしれないので怯える』というのは七番目ですね。一番大事なのは一日のリズムです」

「はあ？」

「だからなるべく毎日決まった時間に食事するようにしてるんです。いただきます」

ピーマンを脇によけた『ピーマンたっぷりナポリタン』のナポリタン部分をフォークに巻いて、ぱくりと食べた。そして本当に旨《うま》そうな顔で、もぐもぐとしっかり嚙《か》む。

「あのさあ、一日のリズムが大事って言っても、呪われてたら明日《あした》はあっても明後日《あさって》はないんだよ」

文華はいったんフォークを置き、ナプキンで口の周りのトマトソースを拭《ぬぐ》った。

「人の様々な生命現象は一日サイクルで変化します。人に限らず地球上の生き物は地球の自転に応じた明暗の周期をもとに生きているのです。朝に目覚め夜に眠くなる。昼時にお腹が鳴ると腹時計なんて言い方をするでしょ。あれも身体が一日のリズムで動いている証拠です。じゃあ、身体はどうやって時間を知るのか。それは生物時計と呼ばれる仕組みが、組織から細胞レベルに至るまで組み込まれているからです。生物時計には秒単位から年単位まで様々な種類がありますが、人を二十四時間のリズムで動かしている時計は概《おおむ》ね一日を刻む時計、という意味で、概日《がいじつ》時計と呼ばれています。それを動かしているのは脳の中枢時計と抹梢《まつしよう》組織の抹梢時計なんですが――」

ちらりと王司の顔を見た。出来の悪い生徒のように、王司はさっと顔を伏せた。

「とにかく不規則な生活リズムは健康を損なう原因にもなるので避けています」

「なんか分かんないけど、IQ200は違うな。不安も理屈で解消できるんだ」

「IQはただの数値です。はっきり言って何の意味もありません」

文華は一息つくと、コップの水をがぶがぶと飲んだ。

「さて、言い伝えだと、七日以内にビデオをコピーして他人に見せれば助かるはずだったんですよね？」

「うん、そう。サイトで見たんだけど、元々は井戸に閉じ込められたまま死んだ貞子の怨念《おんねん》が、天然痘のウイルスと結合して生まれたのが、呪いのビデオなんだって」

「天然痘……」

言いながらタブレットを操作し、天然痘の資料を映し出した。

「学名はヴァリオラ・ウイルス。潜伏期間は最短で七日、か」

黙り込んで、スパゲティをぐるぐるぐるぐるとかき混ぜる。

「ウイルスと貞子の呪いには類似したところがある。感染呪術《じゅじゅつ》という言葉があるように、もともとそれは類似しているのだから、貞子の呪いをウイルス感染にたとえること自体は間違いではないような気はする」

息継ぎをするように言葉の合間合間でスパゲティを食べていく。

「七日以内にコピーして他人に見せれば助かるっていうルールを持ったテープだけが残った。それ以外の貞子の呪いは長い年月の間に淘汰《とうた》されて消えた。増殖できるものだけが生き残るルール。当然と言えば当然か」

聞き逃しなくしっかり聞いてきちんと理解しようと思ってはいたのだが、無理だった。とうとう我慢ができなくなって王司は大声を出した。

「あああ、全然分かんない！」

勢いのまま、わっと腕を動かす。コーヒーカップを持っていることをすっかり忘れていた。

ばしゃっ、と淹《い》れたてのコーヒーが袖《そで》に掛かった。

「熱っ！」

ほとんど悲鳴のように叫んでいた。

すぐにウエイターがおしぼりを持って飛んできた。

「大丈夫ですか」

おしぼりを差し出す。

それを受け取り、褐色に染まったシャツの袖を拭《ふ》いた。

心配そうに成り行きを見ているウエイターに「すいません、あの、同じのもらえますか?」とコーヒーカップを差し出す。

「かしこまりました」

頭を下げ、ウエイターはカップを持って引き下がった。

「ごめん。ええと、何だ、ゾーショクできるものだけが生き残るルールって何」

おしぼりで何度も何度も袖を拭きながら訊《たず》ねた。文華はさっそく解説の続きを始めた。独り言であれ何であれ、口に出して話すことで頭の中を整理していくタイプなのだろう。

「ウィルスは宿主がいないと生きていけない。だからより多くの宿主に感染させることが、そのままウィルスの増殖につながるわけです。なので増殖するためには、できるだけ長い時間宿主が感染した状態であちこち移動してウィルスをうつした方がいいわけです。だからすぐに病状が悪化して死んだり寝込んで動けなくなったりするのは、増殖には不利だということです。もしこの呪いもウィルスのように変異し、生存に有利なものだけが残っていくのなら、どうして二十四時間という増殖に不利な猶予期間の方向に変異しちゃったのか、ということが一番の謎ですね」

「染みになっちゃうなー、これ」

途中から王司はまったく聞いていないようだった。

そして文華もきちんと聞かせるつもりはなかったようだ。

「服を脱いだ方がいいんじゃないですか」

スパゲティをもしゃもしゃ食べながら、王司の汚れた袖を指差した。

「いやあ、ちょっとワケアリで……脱げないんです」

「反社会的な入れ墨が入ってるとか」

思った以上に声が大きかったのだろう。まわりの客が一斉に二人の方を向いた。

「違いますよ」

慌てて王司が言う。

「じゃあ、なんで」

「なんでって言われても」

「やっぱり反社会的な」

「違いますって、別れた彼女とお揃いでタトゥー入れたんです!」

「ええっ!」

フォークを皿に取り落とした。

「そんなに驚きますか。呪いのビデオが存在するってことより驚いてますよね」

「実在するんですね。そういう人」

「実在しますよ。えっ、それって呪いのビデオより珍しいですか」

「へえ、そこにそんなものをねえ……」

文華は袖の辺りを凝視していた。

「絶対見せないよ！」

王司は袖を手でしっかりと押さえた。

「見たくはないです」

「……いや、どうしてもというのなら」

「結構です。見せないでください」

「そうですか。いや、見せませんよ。だってこの左腕に刻まれたタトゥーは俺にとって」

鼻の下を人差し指で擦《こす》る。

ほとんど歌舞伎の見得《みえ》並みに間を持たせ、力の入った顔で文華を見た。

「二度と消せない恋の呪いなんだよ」

「癖ですか」

「はい？」

「癖なんですか。鼻の下擦って、思いついちゃった言葉を名言みたいに言うのって」

「癖です。王子《プリンス》の称号に相応《ふさわ》しい癖だと思います」

文華は、全裸で交差点を渡っている人を見るような目で王司を見ていた。

王司は鼻先でふふっと笑った。

「彼女との相性も分からないやつが占いの王子様とか、どーかしてるよな……」

横を向いて（本人の思う）アンニュイな表情をしてみせた。

文華は黙々とナポリタンを食べていた。まったく関心がなさそうだった。何も言わない。さすがに沈黙に耐え切れなかったのか、王司は所在なく自分の腕時計をちらりと見た。見た途端、甲高い悲鳴を上げた。

ガタンとテーブルを揺らして立ち上がる。

「あと三十分しかない！　あと三十分。あと三十分ですよ、文華ちゃん」

「名前で呼ぶのも、ちゃん付けも、止めてくださいと言いましたよね」

拳《こぶし》を固めた文華を見て、王司はボクサーのように両腕で顔を隠した。

その時、文華のスマホに着信があった。

「あの、三十分切っちゃいましたよ。三十分で呪いを解明できますよね。ねえ、できますよね」

文華は人差し指を立て、唇に当てた。

王司は素直に口を閉ざした。

「あっ、お母さん。どうかした？」

――今仕事終わって、双葉と合流するんだけど。呪いのビデオのこと、何か分かったの？

「まだ。でも必ず突き止めるから」

――文華が言うなら信用する。

「双葉のことは任せて」

――ありがとう、文華。

「ねえってば、三十分で呪い解明できるの？」

言いながら王司は自分も口の中にサンドイッチを押し込んでいく。瞬く間に食べ終わり、水で流し込んだ。ほぼ同時に文華も食べ終わっていた。ずっと待ち構えていたかのように、さっきのウエイターが「お下げしますね」と皿を下げていった。

「ねえねえ、ほんとに三十分で――」

「もう三十分ないですね」

言われて王司は腕時計を見た。

「あー！　あと二十分！」

わあわあと騒ぎ出した。王司が周囲を見回すと、客たちが皆、王司に注目していた。

「……誰だ……どいつが貞子なんだ」

背後からぬっと黒髪の女が顔を出した。

王司はぎゃっと叫んでのけぞった。

「こっち来んな、こっち来んな」

手を振り回してそれを追い払おうとする。

「大変お待たせして申し訳ございません」

最初の長い髪のウエイトレスだった。

コーヒーをテーブルに置くとウエイトレスは言った。

「もう少しお静かにお願いできますか？　それではごゆっくりどうぞ」

ウエイトレスは去っていった。

「あれは貞子じゃない！」

「少し静かにって言われましたよ」

「じゃあ、どれが貞子だ」

囁《ささや》き、周囲を見回した。視線から何か出ているかのように、見られた客が順に目をそらしていく。

「貞子はいない……」

時計を見ると八時まであと十五分だった。

「もう時間がないよ！」

「その時計、遅れてますよ」

「え？　あ、これ、オヤジの形見でよく遅れ……遅れてるの？　え？　今何時！　何時なの」

「これ、見てください」

王司は文華の背後に回ってタブレットの画面を見た。

すでに八時を一分過ぎていた。

「……あれ……死んでないよな、俺」

「ビデオを観たの、本当に昨日の夜八時で間違いないんですよね？」

後ろからぐいと頭を突き出して王司は言った。

「それは間違いないよ。俺、時間を確認したから」

「近い」

文華は呟《つぶや》いた。

「はい？」

聞き返す王司の顔を正面から摑《つか》み、文華はぐいと向こうへ押しやった。

「すみませんすみません」

言いながら王司は、よろよろと後退《あとずさ》った。

「でも……なんでこの人は無事だったんだろう……」

「この人って……」

「不審死の原因が仮にウイルスだとしたら、血清やワクチンを見つければ治せるはず」

「ダビングして誰かにビデオを見せるのが血清なんじゃ」

「あなたは愛さんがダビングしたビデオを観た。なのに愛さんは亡くなった。いずれにしてもその方法は血清でもワクチンでもありません。ただ増殖の手助けをしたら命を奪われないだけ。それはある種の寄生虫が宿主を支配し、繁殖の手伝いをさせるのと変わりない。それで寄生虫は退治できない。逆に繁殖させているだけ。必要なのは呪いに掛からなくするためのワクチン、あるいは呪いを祓《はら》うことのできる特効薬。ダビングはもう効果なしみたいだし、新しい何かを考えなければ」

「待ってくれよ。もうそんな時間ないんだよ！」

「だからもう時間は過ぎてるんでしょ」

「あっ、そうか。でも生きているわけだから、それはつまり」

はっ、と顔を上げた。

「ケンシン先生、ケンシン様のおかげだ！　ありがとうございまっす」

テレビ電話を着信した音がした。文華のタブレットだ。タブレットを操作し、テレビ電話の画面に切り替えた。そこには男性らしき白い服の人間が座っていた。顔は猫のCGが合成されて見えない。

後ろから顔を突き出して王司が言った。

「猫？　茶トラ？　誰……」

その顔を文華がぐっと向こうに押しやる。

「近い！　この人は感電さん。SNSのフォロワーです。今回の事件を調べてくれてて」

「カンデンさんって、何か電力会社みたいだな……」

「初めまして。感電ロイドさん。一条文華です」

何か言ったようだが聞こえない。

「声小《ち》っちゃ！」

そう言うと王司は腕を伸ばし、勝手にボリュームを上げた。

「どうも、俺は前田王司です。本人確認したいんで顔見せてくれます?」

――あー俺、身バレNGなんで。

その声ははっきりと聞こえた。

「は? こっちは出してんだけど!」

――勝手に見せてるだけでしょ。見せろなんて言ってない。

王司は文華の肩に手をかけ振り返らせようとした。

「ねえ、文華ちゃん」

「触らない! 名前を呼ばない! ちゃん付けしない!」

言いながら振り向きざまに裏拳《うらけん》で顔面を狙った。きれいなバックハンドブローだった。

拳は危ういところで王司の鼻先を掠《かす》めた。

ちっ、と文華は舌打ちした。

「危ないよ」

「今度は殴ると言いましたよね」

「いや、だから、ほら」

王司は声のトーンを落とした。

「ねえ、大丈夫? こんな茶トラ信じて。あ! もしかしたら呪いのビデオを売り捌《さば》いた犯人かもしれない!」

――聞こえてるんだけど。

ロイドが言った。

「あ！」

「あ、じゃないですよ。すみません、感電さん。失礼しました」

――一応情報あるんだけど、どーすんの？

「もちろんお聞きします。でも信じるかどうかは話を聞いてからです」

「仕方ないな。文華ちゃんが言うなら聞いてやるよ」

ごん、と音がした。

文華の拳が王司の額の硬いところに当たった音だ。

「痛《い》て！　い、一条さん。だんだん乱暴になってません？」

「大丈夫、あなたにだけだから。それで感電さん、情報って」

――この動画だけど。

ロイドはタブレットの画面をカメラに近づけた。そこには動画が再生されていた。ロイドがSNSに投稿した、あの動画だ。

「あぁぁ、愛ちゃん」

王司が情けない声を上げた。

――ここ。

愛が「来ないで！」と言ったところで画面が止まった。

そこから再生速度が半分以下に落ちた。

――ほら、彼女は明らかに誰もいない方向見てるでしょ。見えない何かを見てるみたいな。……で、ここで何かが首に巻き付いた。

画面の中で愛が王司を罵《ののし》る。

ごめんよぉ、ごめんよぉ、と王司が洟《はな》をすすりだした。

――引きずられるようにして、頭から前転して……そして死んだ。

「あいじゃーん」

とうとう泣き出した。

――多分、呪いのウィルスに感染した人だけに実体の無いものが見え、物理的に影響を受けた上で死に至る、ように見える。

「ごめんよ、ごめんよ、あいじゃーん！　あー！」

――前田兄さん静かにして。

「ずびばぜん」

大きな音を立てて王司は洟をかんだ。

「ように見えるってどういうことですか」

――あのね、よく見てて。

愛が遠くを見るところまで巻き戻す。そこからコマ送りでゆっくりと画面を見せていく。

──手や腰から足の動きをよく見ていてください。これ、一見首に巻き付いた何かに引っ張られて前に出ているように見えるでしょ。でも完全に身体がだらりとして引きずられているわけじゃない。まるで抵抗しているように見えているけど、これ、引っ張られているように見せているだけじゃないかな。足の動きがちょっと不自然なんだよね。ほら、パントマイムで紐《ひも》に引っ張られているところを演じてるみたいな。

状況の異様さにごまかされていたが、言われてみれば確かにぎこちない。

──で、ここで前に手をついてるでしょ。なんとなく引っ張られる力に抵抗しているように見える。それから前転なんだけど、これ、いわゆる飛び込み前転だよ。何かを飛び越えるように身体をUの字に曲げて前転している。これって、何か壁みたいなものを越えてその向こうに落とされたという表現に見えないかな。そう、表現なんだよ、全部。

「どういうこと？」

王司はロイドに訊《たず》ねず、文華に聞いた。

「これはつまり、全部自分から動いているわけで──」

──そう、何かにそうさせられているのだとは思うけど、それは超能力みたいな物理的な力じゃないってこと。だから、例えば身体が宙に浮いたりはしない。面白くない？　この発見。それがわかったからって何か進展があるわけじゃないけど。

「少なくとも超自然的な力で直接殺されているわけではないってことですよね。それならそれなりに対抗する何かを考えることができるかも。例えば手足を縛っちゃったりしたら、それだけで救えるかも」

——でもこの事件、ただ科学的な正しさだけを主張しても間違えると思うんだ。これは勘だけどね。どこかにオカルト的な何か、物理だけでは解けない何かも同時にかかわっているんじゃないかな。いずれにしても、呪いのウイルスはなんでもありじゃない。この世の仕組みにある程度は従わねばならない。だがそれと同時にオカルト的な論理にも従っている。そう考えるのが一番妥当じゃないかな。

「自ら動いているとして、感染者がこのような行動を取る理由は何だと考えますか？」

——さあ、そこまでは。ウイルスの潜伏期間が二十四時間に短縮されてんのも謎だし。

「そうなんですよ。進化論的に言えば適者生存、つまり環境に適応して変異することで生き残ってるってことだけど。じゃあ、なんで二十四時間にする必要があったんだろ。宿主殺しちゃったら、ウイルス自身も死滅しちゃうのに。そこに問題を解く鍵《かぎ》がありそうですね」

しばらく黙っていたが、我慢できなくなったのか王司が言った。

「鋼だ。メンタル鋼だな。タイムリミットが近づいてんのによく冷静でいられるよ。怖いもんないの？」

「ありますよ」

当然でしょ、という顔で文華は言った。

「何が怖いの」

「……ずっとそばにいると思ってた人が急にいなくなること。大切な人を失ってしまうことが恐ろしい。ずっと続くと思ってた生活がある日突然変わること……もうあんな想いはしたくないです」

あんな想いが何かはわからないが、王司はその沈んだ表情を見て珍しく黙り込んだ。

――その時泣く子も黙る一条文華も変異してたってことだね。何があったか知らないけど。

「文華ちゃんをウィルスみたいに言うなよ。今マジメなとこだぞ」

「名前で呼ばないでって何度言ったら」

「そんなぁ」

叱られた犬の顔で王司は言った。

「生死を共にした仲じゃ――」

最後まで言わせずロイドは言った。

――貞子ウィルスはどう変異しようとしてたんだろ？

何を言おうとしているのかわからず、文華も王司も次の言葉を待った。

――だってVHSビデオとかもはやオワコンだし。生き残る為には新しい媒介物に乗り換えるはずでしょ？　これと呪いの成就までの時間が二十四時間になったのとはどこかで関係あるんじゃないか、と。

「確かにそうですね。でも」

そう言ってタブレットの時計を見る。

「あと一時間半しかない……。お祓《はら》いしたビデオって持ってますよね」

文華は王司に言った。

「あるけど……？」

「もう一度観てみましょう」

「嘘でしょ？　なんで」

「何か手がかりがあるかも。感電さん、また」

返事を待たずテレビ電話を切った。

「観るっつったって、デッキがないと」

「ここじゃなくて、私の家か、ケンシンさんのサロン。それか」

「あっ、うちにもあるよ。うちならここからタクシーで二十分くらいだし」

「決まりですね。行きましょう」

立ち上がった王司の真横を髪の長いウエイトレスが通った。

悲鳴を上げそうになり、慌てて口を押さえる。

「……もう勘弁してよ。じゃあ、俺タクシー捕まえてくる」

王司は慌てて喫茶店を出て行った。

5

夜だ。

今列車が到着したところで、駅前はそれなりに賑《にぎ》わっていた。改札を抜けた人たちが、それぞれに自宅へと急ぐ。仕事帰りの人たちの思いは様々だろうが、足並みには不思議と秩序が生まれる。

その中で、明らかに双葉だけが異質だった。半ば駆けるようにして速足で歩く。何かの競技でもしているように、人の流れを縫って進む。先へ、先へ。彼女が何かから逃れようとしているのは間違いない。

公園横の街灯の下で双葉は立ち止まった。

息が荒い。

恐る恐る後ろを振り返った。

会社帰りのサラリーマンやＯＬに混ざって、それはいた。

手術着のような白いガウンは、匍匐《ほふく》前進してきたように汚れている。汚れた白衣の中年男は、ぎこちなく身体を揺らしながら、双葉へと近づいてくる。異様なその風体に、しかし気付いている者はいない。それが見えているのは双葉だけなのだ。

えっ、と思わず声が漏れた。

中年男――静岡の叔父《おじ》さんはその場で立ち止まり身体を震わせ始めた。

首ががくがくと揺れる。

頭が揺れるたびに髪の毛が揺れる。

さっきまで揺れるほどの髪はなかったのに。

髪が伸びている。

頭を左右にグラグラと揺らす。揺らすたびに黒髪が長く伸びていく。

「どういうこと？」

思わず口に出た。

あまりにも常識外れの出来事が連続し、頭がパンクしそうだった。

考えていても結論は出そうにない。今のうちに距離を稼ごう。

双葉はまた歩き始めた。

男から目を離した途端に恐ろしくなった。真後ろからつけてきている。あの髪を振り乱し走ってくる。追いつかれ、耳元で忌まわしい言葉を囁《ささや》かれる。一度聴いたら忘れることのできない穢《けが》れた言葉を。

恐ろしい妄想だけがどんどん膨らんでいく。

そうなると振り返って確かめるのも恐ろしい。

少しずつ歩調は速くなり、途中から走り出していた。が、それも長く続かない。すぐに息が上がる。足が痛む。ついでに下腹まで痛んできた。

帰宅部サイコーなんて言ってないで、どこか運動部に入っておくべきだった。

いまさらそんなことを考える。

駄目だ。もう走れない。

自分の意思と関係なく足が止まってしまう。

そう思ったとき、自分の名前を呼ぶ声が聞こえた。

「双葉！　こっちこっち」

言いながら走ってきたのは智恵子だ。

「お母さん！」

双葉も駆け寄り智恵子に抱きついた。

「双葉、大丈夫？」

「太平叔父さんの髪の毛が伸びるの、怖いよ、お母さん」

なにそれ、などと訊《たず》ねることなく母親は言った。

「まだいる？」

双葉は振り返った。

たとえ汚れていても白い服は目立つ。だが、どこにも叔父の姿はなかった。

「あれ……、いない」

「いないなら良かった。もう大丈夫よ。一緒におうちへ帰りましょう」

街路樹の前に二人は立っていた。

双葉の首筋に冷たいものがぽたりと落ちた。

雨?

双葉は手のひらを上に向ける。

ぽたぽたと大粒のしずくが、樹上から降っている。石畳の歩道に黒くドットが描かれていく。

あくまで街路樹の下だけだ。他のところには降っていないようだ。

「どうしたの」

智恵子が訊ねた。

「雨、かな」

えっ、と智恵子も手のひらを上に向けた。

その時ぐしゃりと濡《ぬ》れた音がした。

ひっ、と声が漏れた。

「どうしたの」

智恵子が訊ねるが、双葉に答える余裕はない。

何かが落ちてきたのだ。

黄ばんだ布と長い黒髪が絡んだような何かが。

それは落ちると同時にむくむくと膨れ上がっていった。

「あれ」

双葉は震える指でそれを差した。

泥をこねるような汚らしい音をたてながら、それは立ち上がった。それからゆっくりと人の形へと変わっていく。

女だ。

長い髪と白い服の女。

女はワニか何かのようにうつ伏せ、身体を左右にゆすって四足《しそく》で這《は》ってくる。

濡れた長い髪が絡みつくその顔は、まだ太平叔父さんの面影を残していた。

首を振る。

濡れた髪が意思を持っているようにうねる。その髪の隙間から見える顔が、ぶれ、歪《ゆが》み、震えながら変化する。

かけていたはずの黒縁眼鏡が黒髪と同化して消える。顔の輪郭が朧《おぼろ》になり、縮んでいく。丸々とした顔が引き締まり、気が付けば少女の顔になっていた。

振り乱した髪の隙間から、少女はきょとんとした顔で双葉を見ていた。

「祥子？」

それは級友の祥子の顔だ。

双葉は智恵子の腕にしがみ付いた。

「祥子ちゃんがいるの？」

「叔父さんが祥子になった」

泣きそうな声で双葉は言った。

その声が聞こえたのか、祥子は双葉を睨《にら》んだ。

そして這ってきた。

思った以上に足が速い。

「来ないで、こっちに来ないで」

悲鳴混じりにそう言うと、いきなり双葉は走り出した。

すぐそこに家の車が見えたのだ。

父親のコンパクトカーだ。

「あっ、待って双葉」

智恵子がその後を追った。

飛び込むようにして二人は乗り込んだ。

「静岡の太平叔父さんが、祥子ちゃんになったの？」

「そうそう」

後ろを見ながら双葉は言った。

「とにかく逃げて。追ってくるよ」

智恵子には太平叔父さんも祥子も何も見えない。後ろから追ってくるというのもわからない。それでも娘の尋常でない慌てぶりから、これが緊急事態であることはわかる。

エンジンがかかった。

何がどうなっているのかわからないまま、智恵子は車を走らせた。

「相手は徒歩なんでしょ」

「えっ、ああ、そうそう」

双葉はずっと後ろを見ている。返事も上の空だ。

「それならもう大丈夫よ。車がそいつより遅いはずないから」

「そう、そうよね」

「そうよ。もう大丈夫だから」

智恵子の言う通り、家に帰るまで後ろから追いかけてくる姿を見ることはなかった。

玄関わきの車庫に車を入れる。

双葉は先に降りて玄関へと向かい、悲鳴を上げた。すぐに智恵子が飛んできた。

「どうしたの」

「祥子がいる」

「どこ」

「あそこに」

双葉の指差す先、玄関を前にして白い服の祥子が、家をぼんやり見上げている。

双葉は智恵子を引っ張って玄関に走った。「早く、お母さん、早く」

急《せ》かされると普段できることができなくなる。鍵穴《かぎあな》になかなか鍵が入らない。

「お母さん、急いで」

「ちょっと待って、すぐに」

ガチャリと音がして錠が開いた。

扉を開けた智恵子を中に押し込み、双葉もそれに続いた。

「叔父さんが祥子ちゃんに変わったってどういう風に？」

玄関で話しかける智恵子に、「お願いだからあとにして」と言いながら扉を閉めた。

閉めようとした。

その時だ。

にゅっと真っ白な腕が突き出て双葉の腕を掴《つか》んだ。

ぎゃあああと押しつぶされたような悲鳴を上げて、腕を振り払おうとする。だが爪のない指先が双葉の腕に食い込み離れない。

「いやあああああ、お母さんお母さん」

罠《わな》にかかった狐のように跳ね回るが、腕は放してくれない。

「何してるの」

言いながら智恵子は扉を勢いよく閉めた。

あっさりと扉が閉まった。

腕が千切れる！　と目を閉じた双葉がゆっくり目を開いた。腕が落ちてはいなかった。

「祥子ちゃん、ここにいるの？」

双葉は首を横に振った。

「でも、まだ外にいるかも」

双葉はドアスコープから恐る恐る外を見た。

白い服の女はどこにもいなかった。

「どう、何か見える？」

「大丈夫みたい」

振り向いてそう言う双葉の前に、ぽたぽたと水滴が落ちてきた。

天井を見るとびっしりと水滴がついている。まるで雨漏りしているようだが、雨は降ってもいない。

「今日は晩ご飯、簡単なものでいいかな」

リビングに向かいながら智恵子が言った。

「慌てて迎えに行ったから用意ができてなくて」

びしゃっと水飛沫《みずしぶき》が上がった。

それが落ちてきたのだ。

濡れた髪と汚れた白い布の塊が。

双葉はそれを避けて、そっと横を通る。

むくむくっ、と布が起き上がってきた。

「お母さん！」

叫びながら双葉は廊下を走る。

「どうしたの」

のんきな声を出している智恵子の背中を押してリビングに逃げ込んだ。

扉を閉めて、身体全体で押さえつける。この扉には鍵などない。

べた、べた、と歩み寄ってくる湿った足音が双葉には聞こえた。

「そこにいるの？」

智恵子が訊《き》いた。

「いる。近づいてきてる……扉の前で止まった」

どん！

いきなり大きな音がした。

ひっ、と声が漏れる。

奴が扉を叩《たた》いているのだ。

「お母さん、一緒に押さえて！」

必死の形相で言う双葉に、智恵子は何もわからないまま横に来て扉を押さえる。

連続して扉を叩く音がする。

双葉はそのたびに扉が揺れるのを感じた。

扉を挟んでその向こうにあれがいる。そのことに我慢しきれなかった。

「いやああ！」

悲鳴を上げて扉から手を離すと仏間まで逃れた。

来ないで来ないでと譫言《うわごと》のように連呼する。

「大丈夫よ。絶対に開けられないから」

智恵子は全身で扉を押さえつけていた。

「そちらにいるのがどなたか存じませんが、双葉には指一本触れさせませんから！」

扉の向こうへと智恵子は叫んだ。

双葉はしゃがみ込んで耳を押さえ、呟《つぶや》き続けている。

「お願い、お姉ちゃん、早く来て。お父さん、お父さん助けて」

自分でも何を言っているのかわからなくなっていた。何か喋《しゃべ》っていないと、どうにかなりそうだった。

音が聞こえた。

小さな小さな音だった。

しっかり耳を押さえているのに、そのわずかばかりの音は聞こえていた。

双葉は黙り、耳から手を離した。

じと、じと、じと。

ああ、そうだ。これは……畳に水滴が落ちる音。

双葉は目を見開き、それを見た。

まるで大粒の雨のように、それはぼたぼたと畳に落ちてきた。

「いやあぁぁぁぁぁあああ！」

双葉は頭を抱え絶叫した。

6

「あっ、そこで停めてください」

王司がそう言い、タクシーは路肩に寄せて停まった。先に降りた王司は、出てきた文華に愛想良く言った。

「コーヒー代とタクシー代、後でちゃんと払うから」

「結構です」

切って捨てるように文華は言った。そういう態度にも慣れっこになったのか、気にすることなく王司は先導する。

「こっちこっち」

通りを逸《そ》れて一本裏道に入る。

何屋ともつかぬ看板が掲げられた店や、シャッターの閉じた事務所。古びた雑居ビル。どこか寂れた印象のある路地で、そこだけ表に出した看板に明かりが灯《とも》っていた。看板には『リサイクル・ショップ　プリンス』と書かれてあった。

「あっ、消すの忘れてた」

その看板を見て王司は言った。どうやらここが王司の家らしい。

「こういうのはちゃんとしとかないと」

アルミ扉の錠を開けながら王司は言った。扉には『リサイクル・ショップ　プリンス』を始め、ステーキハウスや経営コンサルティング、そして占いの王子様といろいろと手描きで書かれてある。

「どうぞどうぞ」

王司は中に入っていった。

パチパチとスイッチを押す。中の蛍光灯が灯り、表の看板が消えた。電灯のスイッチの横には「節電　消し忘れ注意」の張り紙があった。

「昔、家が新聞屋だったんだ」

倉庫か何かのようだった。

スチールの事務机の上にはこまごまとした電気部品が工具類と一緒に転がっている。廃棄物然としたソファーにテーブル。サイズもデザインも異なる椅子が四脚。スチールの棚に無造作に置かれた中古のＤＶＤプレーヤーとブラウン管式のでかいモニター。箱に入ったままのラジカセ。店舗でしか使えないような派手な照明器具の横には用途不明のマネキン人形が置かれてあった。

「デッキは？」

文華が訊く。

「あ、ああ、こっち」

部屋を抜け廊下に出る。文華は部屋の電灯を消して後に続いた。

薄暗く急な階段を上って二階へ。

そこには雑然とものが置かれ、ゴミ屋敷一歩手前だった。

脱ぎ捨てた衣服や空き缶やペットボトルなどのゴミと一緒に置かれた段ボール箱いっぱいのTシャツには王司のキメ顔のプリントが、その横の段ボール箱には、やはり王司の顔が全面に出た『占いの王子』のDVDが入っていた。よく見ると壁にも何種類かの『占いの王子』のポスターが貼られてあった。

ゴミ置場同然のスペースの横に、撮影用の小さなブースがあった。ロココ調のごてごてした椅子がグリーンバックを背景に置かれてあり、その前には照明から三脚付きのカメラまで撮影機材一式がそろっていた。おそらくSNSや動画共有サイト用の動画をここで撮影しているのだろう。

金のかかりようは違うが、ケンシンのサロンと似たものを感じるのはなんでだ。と文華は思った。まるで霊能力者の協会か何かが定めているかのように、似たタイプの自己主張の仕方だ。

「それにしても」

雑然とした部屋を見ながら文華は言った。

「これでよく王子様を名乗れますね」

ビデオを操作していた王司は振り返ると、いつもと同じキメ顔で鼻の下をこすり、言った。

「人の美しさは他の何物でもない。心で決まるんだよ」

台詞《せりふ》の最後にかぶせるように文華は言った。

「早く再生してください」

「再生！」

がちゃん、とアナログな機械音がして、ビデオテープが挿入された。

王司は慌ててモニターから離れた。

「愛ちゃんが見たくなかった気持ち、今ならよく分かる。あっ、靴脱いで」

最後の部分は文華に言った。ビデオ機器などが置かれてあるところは一段高く、カーペットが敷かれていた。

よく見ると王司も靴を脱いでいる。文華も脱いで、ビデオデッキの前に正座した。

「リモコンは」

「これです」

差し出した手のひらに王司がポンとリモコンを置いた。

すでに水中の画像が映っていたが、文華は少し巻き戻し、最初からコマ送りで再生を始めた。

「な、何してるの……」

「何かしらのサブリミナルメッセージとか入ってないかどうかを確認しようと思って」

「そんなことして怖くないんですか」

「どっちにしても観ればおなじでしょ」

文華はモニターから目を逸らさない。

「まだですか。まだなんでしょうね。終わったら教えてくださいよ。ちょっと長くないですか」

ひっきりなしに話しかける王司を無視して、文華はモニターに集中していた。

何者かの視点が、井戸をゆっくりと登ってゆく。ビデオテープは一秒間におおよそ三十コマ記録されているものを、一秒に一コマ程度で再生していく。つまり三十倍時間が掛かるということだ。しかも磁気テープの場合はデジタルと異なり、コマ送りが大きな負担になる。なのでたいていのデッキは五分経過すると勝手に停止する。呪いのビデオ自体は五分足らずのものだが、結局四十分あまり掛かってようやくラストまできた。

井戸から外に出た何者かが見ているのは、王司の家の前の路地だ。そして路地を通り、アルミのドアの前まで来て、テープは終わった。

「うっそ、あれ俺ん家《ち》だよね」

途中から王司も見ていたようだ。

「怖いよ。これは怖いよ。それで、どうだった」

「……サブリミナルメッセージはなかった」

横にあるデジタル時計を見ると十時まであと二十分を切った。

「その時計は正確だよ」

「時間がない……」

文華は人差し指で床をとんとんと落ち着きなく叩《たた》いている。

「何か見落としは」

文華は巻き戻しのボタンを押した。

「また見るの？　間に合わないよ」

文華は王司を睨《にら》みつけて言った。

「最後まで諦《あきら》めるつもりはありません」

その時、文華のタブレットに着信があった。ロイドからのテレビ電話だ。

「はい、一条です」

――挨拶《あいさつ》抜きで、これ見て。

ロイドはカメラに向かってホワイトボードを向けた。そこには王司、愛、文華、ケンシンの四人の名前が書かれてあった。

――ビデオをコピーして見せたが二十四時間後に死んだ。

愛に×をつける。

――ところが前田兄さんは生きている。何が違ったか。

「チャトラン君」

――チャトラン、誰。

「茶トラの顔だからチャトラン君。俺はケンシン先生にお祓《はら》いしてもらったから死ななかったんだよ！　だから俺は助かった！」

――却下。非科学的。そういうことじゃない。

「じゃ、どういうことだよ」

――王司は子供のように唇を尖《とが》らせて言った。

――前田兄さんと一条さん、ケンシンの三人は。

三人を丸で囲んだ。

――一緒に呪いのビデオを観た。だから二人以上で一緒に観たら助かる、かと思ったけど、愛ちゃんは前田兄さんと一緒に観てるんだよね。

「違うよ。一緒にいたけど、愛ちゃんは怖がって二度目は全く観てない」

「じゃあ、それだ！」

――じゃあ、それだ！

文華とロイドは声を揃えた。

――もしかしたら、一度の視聴での呪いの量みたいなものは一定なんじゃないか。だから複数で観れば呪いの力はそれだけ衰える。ウイルスで言うなら弱毒化される。それは例えば一定量の毒薬を複数人数で服用したら、人数が増えるほど一人当たりの服用量は減っていく。で、限界人数を過ぎたらほとんど無害になる。

「間違いないです」

スマホを手にして文華は言った。

「大勢で観ることで、ウィルスはより多くの人に感染する。しかもそれで弱毒化するなら、寝込んだり死んだりすることもなく大勢に感染していく。増殖するためにはこれほど都合の良いことはない」

「えと、つまり、簡単に言うと――」

「みんなで観れば死なないってことです。確証はないけど、現状はそれしか考えられません！　ああ、どこ行ってるんだろう。お願い。双葉！　出て！……………駄目だ」

通話を諦めメッセージアプリを立ち上げた。智恵子と双葉にメッセージを送信する。

――お母さんお願い！　双葉と一緒にあのビデオをもう一度観て！　そうすれば助かるはず！

「お願い……気付いて……」

文華は祈った。祈り、ひたすら待った。時間はあっという間に経っていく。

「ああ、もう時間だ」

時計を見ると十時だった。

返事はない。

文華は虚《うつ》ろな目で肩を落として背を丸めている。正座のまま、すでにあの世へと足を踏み出したようだ。

誰も何も喋《しゃべ》ろうとはしない。

最初に口を開いたのは王司だった。

「……こんなこと言いたくないけど……文華ちゃんが呪いを信じてれば……ケンシン先生に妹さんをお祓いしてもらってたら」

「……何が言いたいんですか」

「やっぱり……この世には、方程式じゃ解けないこともあるんだよ」

――今言うことかよ。

ぼそりとロイドは言った。それが聞こえたのか、王司は言葉を重ねた。

「だって、現に俺は助かってる。それが何よりの証拠だろ！」

文華は俯《うつむ》き、黙り込んだ。

その時また着信音が聞こえた。見ると智恵子からだった。

文華は大きくため息をついてから電話に出た。

「……お母さん」

――文華、ごめんね。何回も電話くれてたよね。

おずおずと文華は訊《たず》ねた。

「お母さん、双葉は」

――双葉は無事よ。

「えっ、嘘。ほんとに」

――本当よ。

何か言おうとするのだが声が出ない。涙がぽろぽろと零《こぼ》れ落ちた。指先が震えている。止めようとするのだがどうにもならない。

――文華に言われた通り、ビデオを観たの。そしたら……代われって言うから双葉に代わるね。

――お姉ちゃん、ありがとう。お姉ちゃんの言う通りビデオを観たら、あれが消えたの。

「ほんとうに良かった」

ようやくそれだけ言うと、文華は子供のように声を上げて泣いた。

7

壁にもたれ足を伸ばし、文華は温かいミルクをちょっとずつ飲んでいた。ミルクは王司がレンジで温めて持ってきたものだ。半分ほど飲んで文華は、ほお、と溜息《ためいき》をついた。

「ほんとに良かった」

泣き腫《は》らした目で中空を見ている。そして不意に真顔になって言った。

「やっぱりあの人にも教えてあげた方が良いですよね」

「あの人って？」

「ケンシンさんですよ。忘れたんですか。あなたの命の恩人でしょ」

王司は目を伏せた。

「……ごめん。さっきはちょっと言い過ぎた」

「ちょっと？」

「たいへん言い過ぎてしまいました。申し訳ありません」

両手をついて頭を下げた。

「大丈夫です。妹も無事だったので」

「あのさ、よかったら連絡先を……」

「はい？」

「今日はもう遅いから。改めてお礼がしたいんだ」

きょとんとしている文華に王司は言った。

「ほんと感謝してる！　パニクって飛び降りようとしてた俺を止めてくれて……ほんと命の恩人だよ」

「馬鹿なことをするのをただ見ているわけにもいきませんから」

「君は呪いのビデオから救ってくれた」

「あれは結果的にそうなっただけで……っていうか、どうしたらそんな『心から信頼してます』みたいな顔ができるんですか。数時間前まで赤の他人だったのに」

「……言ったでしょ。この世には方程式じゃ解けないこともある」鼻の下をこすりキメ顔で「人の気持ちだって方程式じゃ解けないんだ」と言うとキラキラした目で文華を見た。

「……だから、なんなんですか……その思いついちゃった名言みたいなやつ」

「俺、占いの王子様だから」

「王子様……すっかり忘れてましたよ、そんな設定」

「設定って言うな」

「あっ、つながった」

文華はずっとスマホを操作していたのだ。

「ケンシンさんですか。一条文華です」

——あの男はどうなった。

「助かりました」

——助かった……。

意外そうだった。

ケンシンは自らの力を信じていないのだろうか。

——やはり祈禱《きとう》が呪いを消し去ったのだな。

「どうもそうじゃないようです。私の妹は先生の御祈禱を受けていませんが、助かりました」

——ではどうして助かったんだ。

「呪いから逃れる方法がわかったんです」

――逃れる方法。そんなものがあるのか。

「ええ、追い詰められてぎりぎりで思いつきました。結論から言うと、複数の人間で呪いのビデオを観ればいいんです」

――そんなことで。

不審がるケンシンに、仮に呪いのビデオがウィルス的にふるまうとしたなら、とロイドと共に至った結論を説明した。

「増殖することは、それが生物であることの絶対の条件です。天然痘ウィルスを模倣し誕生した呪いのビデオは、どうすればより多くの人間に感染できるのか、という淘汰《とうた》の末に今の呪いのビデオのように進化したのです。結果的にそれは弱毒化の道をたどった。これで呪いのビデオ騒動も終わりです」

――なるほど。王司君が生きていることでそれが正しいことも証明されているわけだ。さすがは天才一条文華だな。

その時タブレットの着信音が鳴った。

「すみません。連絡がはいったようで。報告は以上です」

――わざわざ連絡をくれてありがとう。感謝しているよ。

「どういたしまして。それでは失礼します」

着信はロイドからのテレビ電話だった。文華はタブレットを床に立てた。後ろから王司が覗《のぞ》き込む。

――お疲れー。

「感電さん。情報提供ありがとうございました」

――どういたしまして。好きでやってるだけだから、ていうか自分的にはまだ終わってないんで。

「どういうことですか」

タブレットの画面に闇サイトのスクリーンショットが映し出された。呪いのビデオの出品者『井戸の住人』のアカウント画面だ。

――ビデオを売り捌《さば》いた犯人がまだ見つかってない。何が目的か知らないけど、元凶はこいつでしょ。

「感電さんは何故そこまでこの事件にこだわってるんですか？」

――……別に。ただ退屈なのが嫌だから。納得できない？

文華は頷《うなず》いた。

――まあ正確に言うと、バイキンだらけの外には出たくないひきこもりの暇つぶしってとこかな。

「部屋から一歩踏み出したら、案外世界が変わるかもしれませんよ」

文華が言うと、後ろで見ていた王司が言った。

「案外この世界って、悪いもんじゃないよ」

――やあ、前田兄さん。

「チャトランのおかげだよ、ほんとにありがとう、感電さん」

――感謝されるのも、悪くはないね。なんか分かったら連絡する。おやすみ。

「おやすみなさい」

文華が言った。

「おやすみ、チャトラン」

ニコニコしながら王司は手を振った。

ロイドとの通信が切れる。文華はタブレットを閉じてバッグにしまった。

「じゃあ私はこれで」

文華が立ち上がると、王司が呼び止めた。

「文華ちゃん」

「名前で呼ばない」

「&ちゃんを付けない、ですよね。わかってますって。もう遅いから、送ってくよ」

「結構です」

「いや、だから……」

「今日はありがとうございました」

お辞儀をすると、さっさと王司の家を出た。

大通りに出てタクシーを停める。

これでようやく家に戻れる。

シートに深く腰を下ろし、安堵《あんど》の息をついた。よほど気が張っていたのだろう。まず普段はないことだが、今日はタクシーの中で寝てしまった。気が付けばもう家の前だった。

懐かしの我が家に戻り、扉を開ける。

双葉が玄関まで走ってきた。主人の帰宅を待っていた大型犬のようだ。

「お姉ちゃん！」

靴を脱いでいる文華に飛びついた。

「良かったよ。ほんとに良かった」

文華は双葉の頭を何度も撫《な》でた。

「文華！」

「お母さん、ありがとう」

「ううん。こっちこそ。こうやってられるのは文華のおかげよ。で、お風呂《ふろ》に入る？　それとも夕食」

「おなかすいちゃった。お母さんたちは」

「さっき済ませたわ。ちょっと待っててね、温めるから」

双葉とリビングに入ると、それを待っていたかのように電話の着信音が鳴った。

「あっ、荻原《おぎわら》さんだ」

『SADAKO　DX』の著者と連絡を取れないか調べてもらった海外出版のエージェ

ントだ。

「ハイ、何かわかった？」

——何とか連絡取れそうだよ。ただ著者本人に連絡するならもうちょっとしてからじゃないと無理かな。時差があるからね。

「ありがとう、向こうとは話ができてるの？」

——どうせだから『SADAKO　DX』を日本で出版したいって交渉を向こうのエージェントとしたんだよね。

「それは、何ていうか、気が早いっていうか。日本での出版社は」

——もう決まってる。あの時間だから知り合いの編集者のOKを得ただけだけど、今この事件で持ち切りだから、出すなら今だって説得して。どう、なんなら一条さん、翻訳する？

「しません」

——相変わらずはっきりしてるね。というわけでこれ、俺の仕事になったから、何か質問があるなら聞いといたげるよ。急ぐみたいだったけど、そうだな、時差があるから、午前三時ぐらいにその科学ライターに直接連絡してみるわ。何訊《き》いたらいい。

「取材協力者の一人で、テープをダビングして人に見せて生き延びた少女がいるの。名前はTとしか書かれていないけど、日本人で、生きてるなら連絡を取りたいんだよね」

——十年近く前だからなあ。当時の連絡先とか聞いても無駄かもよ。

「せめて名前だけでも知りたいな」

――了解。でも見返りは求めるよ。

「またセクハラ？」

――違うよ。カナダの著名なスピリチュアルカウンセラーと日本のケンシンとの対談本を今企画してて、本が出たらメディアで科学的にはどうこうって反論してほしいんだよね。

「また悪役」

――いいじゃん。みんなに愛されているし。もちろん俺にも愛されてるし。あっ、今笑いが消えたね。

「わかりますか」

――付き合い長いから。早い方が良いなら電話が済んですぐぐらい、午前三時半ぐらいには連絡するけど。

「じゃあ、それでお願いします」

――こちらもお願いします。じゃ、またね。

「本当に忙しいのね」

智恵子は言いながらテーブルに料理を並べていく。

「ごめんね。今日は作る暇なかったから、なんとかイーツで持ってきてもらった中華」

チャーハンに酢豚、エビチリ、餃子《ギョーザ》が次々にテーブルへ並んでいく。

「あー、ほんと怖かったんだから」

箸《はし》が出てくるのを待ちきれず、餃子を手づかみで食べながら双葉は言った。

「こら、双葉。行儀が悪い。はい、お箸。文華のはここ」

取り皿の横に箸を置いて、智恵子は言った。

「これで少しは信じたでしょう。ケンシン先生のこと」

「信じません。自力解決してるし。ところで双葉に近づいてきたのって静岡の叔父さんだったんでしょ？」

うんうんと返事してほおばっていたあれこれを呑《の》み込み、双葉は答えた。

「それが途中で祥子になったの……」

「祥子ちゃんって、高校の？」

「……うん」

「途中で変わった……。お母さんには見えてなかったんだよね」

「見えなかった。でも双葉には見えてた。これは呪いよ。ケンシン先生が言ってた通り」

「いえ、たぶんウイルス感染を模倣する何かによって見せられていた幻覚だと思う」

「幻覚？　あれが？」

双葉は首をひねる。

「ウイルスに感染しても体内の免疫機能が働いてすぐには発症しないの。二十四時間かけてだんだんウイルスが増えていって、最後に発症する。その過程で貞子が身近な人になって近づいてくるという幻覚を引き起こしているんじゃないかな。おそらくそれって一種の擬態で、奴が感染者に近づきやすくする効果があると思う。双葉もそれが太平叔《お》父《じ》さんの間はすぐには逃げ出さなかったわけだし」

「あんまりよくわかんないけど、納得」

「わかんないのに納得しちゃだめだよ。そういう人は騙《だま》されやすいよ」

「お姉ちゃんに騙されるならそれでいいよ」

「おお可愛い妹よ」

愚にもつかないことを話して、笑って、美味《おい》しい食事を腹いっぱいに食べて、なんて幸せなんだろう。

文華はつくづくそう思い、ちょっと渋めの煎茶《せんちゃ》を飲み干した。

8

不覚にもちょっと眠ってしまい、結局荻原からの電話で目覚めた。

「荻原さん、何かわかった?」

――おはよう、一条さん。

「ばれたか」

――完全に寝起きの声だよ。昨日はかなりハードな一日だったようだね。

「まあね。心臓にはかなり悪かったかな。それで収穫あった？」

――これが収穫かどうかはわからないけど、あの本の著者アンケ・D・シャクターとは話ができた。ライター仕事はとうの昔に辞めて、今は学術書を扱う小さな出版社の社長をしているらしい。それで、あの生き延びた少女Tなんだけど、個人情報だからってなかなか教えてもらえなかった。

「でも荻原さんの見事な人間力で教えてもらうことに成功した、でしょ」

――バレバレか。

「上手《うま》くいかなかったのに連絡してくる人間じゃないもの。しびれを切らしてこっちから連絡したら、しれっと『忘れてた』って言うタイプでしょ」

――なんだよ、それじゃあ俺が不誠実な男みたいじゃないか。

「誠実だと言いたい？　っていうか、早く教えてよ」

――わかったのは nonoka-amafuji っていう名前だけ。字はわからない。日本にまで出かけて取材したのが十年前で、その時には二十八歳だった。当時の住所も電話番号も教えてもらえなかったよ。まあ、ジャーナリストの矜持《きょうじ》として取材先を明かさないってのもあるからなあ。

「そうか、仕方ないよね。ありがとう。翻訳は無理だけど、本を出すなら協力するよ」

――一応二十年前の記事なんかをざっくり検索してみたけど、nonoka-amafuji って名前は出てこなかった。これまた関係者のほとんどが未成年だったから、亡くなった人は別として、それ以外の関係者の名前はあまり公表されてないんだよね。俺はここまでだけど、もしかして君の方が何か知ってるんじゃないの。ほら、前言ってたでしょ。二十年前の記憶が最初の記憶だって。ちょうどあの事件があった年の記憶があるわけだから、一度記憶にあたってみたらどう。あっ、今すぐって言ってるんじゃないよ。今度こそゆっくりと眠ってください。じゃあ、おやすみ。

「おやすみなさい」

電話を切った。

切ってから、今荻原が言ったことを考える。二十年前、超記憶症候群《ハイパーサイメシア》の発症の夜。あれは亡くなった高校生の通夜の記憶だった。貞子の事件と何か関係があってもおかしくない。

実は一度もあの通夜の夜のことを智恵子に質問したことがなかった。そこに触れると何か悍《おぞ》ましいことが起こりそうで。あの夜に起こったことは何もかも穢《けが》れているように思えた。触れるだけで指先から腐りだしそうな気がする。だからできるだけ思い出さないようにしていた。それが最近頻繁に思い出すようになっていた。

あの時に、いったい何があったのか。

詳細に思い出せる力を持ちながら、あの前後の記憶がないことも、よく考えてみたらおかしなことだ。人間はあまりにもショッキングな出来事があると、その記憶を意識の中から消してしまうという。

私は私の意思でその先に目を閉ざし耳を塞《ふさ》いでいるのか。そう自問し、その先が見たくなった。いや、見なければならないのではないかと思った。

何か新しい発見があるかもしれない。

試してみるしかないだろう。

文華はベッドであおむけになり天井を見つめる。

両手の親指で左右の頸動脈《けいどうみゃく》をゆっくりと揉《も》んだ。

そして目を閉じ、記憶の中へと潜っていった。

*

夜だった。

肌寒い夜。

ありふれた郊外の住宅地に、文華は立っている。

大きな青白い月が空から彼女を見下ろしていた。

すぐ横に智恵子が立っている。知り合いと立ち話をしているのだ。いつもならとっくに眠くなっている時間だった。が、いつもと様子が違うことに興奮したのか少しも眠くならない。

喪服の男女が、皆暗い顔をしてぼそぼそと小声で話をしている。

文華は退屈して、その場をそっと離れた。

これが通夜であること。誰かが死んだんだということ。そんなことを当時の文華は知らなかったが、今それを見ている文華はもちろんわかっている。

まだ十代の少女の死は衝撃的だ。

みんなが動揺し、泣き声は絶えない。それが子供心に、何かはしゃいでいるようにも見えていた。

文華は弔問客の間をうろつく。こんな時間に外をうろついていることに興奮していた。その幼い高揚感も、今の文華として感じ取ることができる。

さあ、よく観察するんだ。

いつもは見逃したことが、今日は発見できるかもしれない。

女子高校生たちが群れている。

一人だけ制服が異なる少女がいた。異なると言っても襟の形が少し違うだけなので気がつかなかったのだろうか。いや、ただ目を逸《そ》らしていただけなのかもしれない。この記憶に関しては汚れた配水管に素手を突っ込むような忌避感があった。だからあえて子細に見ようとしなかった。それがほんとうなのだろう。

文華は気合を入れ直した。

違う制服の少女を観察する。亡くなった子とは別の高校に通っていた友人なのかもしれない。

彼女たちが囁《ささや》く言葉は、聞こえはしない。が、唇を読めばある程度は把握できる。画像記憶を有効に活用するため、少しだけ読唇術《どくしん》を学んだのだ。

みんなで伊豆に旅行・ビデオがあったんだって・みんな死ぬって・呪いがかかってたんだ・この間先生から聞かれて。

音で覚えている以上にその内容を汲《く》み取れた。その内容から考えると、やはりこの通夜は、貞子事件の犠牲者のものだったんだ。そして彼女は犠牲になる前に、友人たちに旅館で観たビデオのことを話していたのだろう。それが彼女たちの噂話へと繋《つな》がっていく。

制服が異なる少女が、一枚の紙を渡していた。唇を読む。

――れんらくしてね。

そして紙に書かれた文字が見えている。

意識をそこに集中させた。

頭の中で紙片がズームされる。

斜めになっているし、夜だし、動いている。それでもそこに書かれている暗号めいた文字列をいくつか読み取れた。

91XXXX9E411
途中の四桁《けた》はどうしても見えなかった。

何かの暗証番号か。

その前の会話から考えると電話番号のようだが、間にアルファベットが入っているのがおかしい。桁数も市外局番抜きにしては多い。市外局番が含まれるなら頭に0が必ずついているはずだ。では電話番号ではないのか。

記憶はここまでだった。

いや、違う。

いつもこのあたりで恐ろしくなってきて、できるだけ違う記憶、できれば楽しい記憶に切り替えるようにしていたのだ。

文華は首筋を揉みながら、意識を途絶えぬように集中させる。握り拳《こぶし》の中に汗が溜《た》まる。

先に進もう。

女子高生たちから離れる。そこで智恵子に名前を呼ばれた。手を放すなと叱られ、手を引かれて家の中へと入っていく。

手を引かれるままに文華は通夜の席へと向かう。

もう引き返せない。

ここからは見えなかった、否、見たくなかった過去へと踏み込んでいくことになる。

心臓が激しく脈打つ。痛いほどだ。

その先に進むのが恐ろしかった。恐怖は肉体を支配する。

足が止まる。

呼吸が止まる。

ついでに心臓が止まりそうだ。

怯懦《きょうだ》が足を引っ張るのだ。

もうここでやめよう。

違うことを考えよう。

何か違う楽しいことを。

駄目だ駄目だ駄目だ。

文華は腿《もも》をぎゅっとつねった。

その痛みに意識を集中する。

ここで立ち止まっては駄目だ。

ここで引き返したら、その時に置き去りにした正体の知れぬ恐怖が、穢れた何かが、不可視の怪物が、あとで必ず追ってくるだろう。何倍何十倍となった恐怖から逃げ続け、やがて疲れ果て、近づく悍ましい化け物にゆっくりと身体と心を引き裂かれる。その時に悔恨してももう遅いのだ。

そうなりたくなかったら、先の見えない深淵《しんえん》の向こうへ目を閉じて、今ジャンプするしかない。

いつの間にか智恵子は通夜の席に招かれ酌をしていた。

文華は一人残されていた。

廊下の向こうに男の子が歩いていくのを見た。小学生だろう。文華よりはずいぶん年上に見えた。彼女はその跡をつけていく。

仄暗《ほのぐら》い廊下の向こうに階段があった。とんとんとその階段を上る音が聞こえた。
さっきの子は二階に上がっているんだ。
文華は慌ててその後を追った。
上がってはならない。
怯懦が囁く。
地獄を見るぞ。
戻ってこられないぞ。
二度と笑うことはなくなるぞ。
彼女は思わず引き返そうとするのだが、五歳の文華は足を止めない。
二階の廊下はしんと静まり返っていた。
耳がおかしくなったのかと思うほどだ。
と、奇妙な音が聞こえた。
鉄板に砂を流したようなその音に聞き覚えがあった。
ビデオをつけたときにテレビから流れてくるノイズだ。
こわいこわいこわいこわいこわいこわい。
それを聞いた今の文華は震えて耳を塞ぐ。
しかし五歳の文華はその音のする方へと向かった。
扉が開いている。

わずかな隙間から中をのぞいた。

おそらくそれは亡くなった少女の部屋なのだろう。たくさんのぬいぐるみ。アイドルのポスター。テレビ台があり、その上に小さなブラウン管テレビが載っていた。ノイズはそこから聞こえていた。

そしてそのテレビ画面を見る少年の後ろ姿。

その向こうに見える蒼《あお》ざめた画面には、森の中の小さな井戸が映し出されている。

砂をまぶしたような粗い画面のその井戸をじっと見ていたら、智恵子の呼ぶ声が聞こえてきた。少年はただじっとテレビを見続けている。

母の声を聞いたら急に恐ろしくなってきた。

泣きながら母親を呼ぶ。すぐに智恵子は階段を駆け上ってきた。

部屋の前で座り込んで泣いている文華を見つけると、離れちゃ駄目だって言ってるでしょと、叱りながら一階へと連れていかれた。そこまでだ。

*

そこから先の記憶がすっぽりと抜けている。

記憶に集中するのを止める。

貧血でも起こしたように頭がふらふらした。

文華はゆっくりと目を開いた。それが思い違いでないなら、間違った記憶でないなら、彼女は二十年前あの時あの部屋で、知らない子供のいたずらに巻き込まれて、あのビデオの一部を見てしまっていた。

明日《あした》起きたら母親に確認しよう。

衝撃的な事実に、きっと目がさえて眠れないだろうと思っていたが、そのまま気絶でもするように深い眠りに落ちていた。

そしていつもよりもずいぶん早く目覚めた。疲れていたのでゆっくり眠れるかと思っていたが、緊張していたからか、できなかったようだ。服も着替えていない。

ベッドから出て最初にしたのは、昨日見た文字列をメモすることだ。

忘れないためではない。書くことで頭の中を整理するためだ。文字に書く。それを音読する。それだけで、ただ記憶の中にあるだけのそれが意味を持ってくることがある。今はそうして書いてもただの文字の羅列にしか見えないが。

それからスマホに手を伸ばした。いつものSNSを確認するためだ。

驚いた。

ケンシンの名前が呪いのビデオと共にネットニュースになっていたのだ。

〈ケンシン〉と〈呪いのビデオ〉で検索した。驚くほどの数がヒットした。ネット上で大騒ぎになっていたのだ。

その大元になっているのはケンシンの以下の投稿だった。

——呪いのビデオはこれからネット上で拡散するでしょう。この呪いはウイルスを模倣して増殖するのですが、ウイルスを模倣しているが故の弱点があります。免疫を獲得できるのです。どうすればいいか。簡単です。できるだけ大勢でビデオをもう一度観ることです。もう呪いのビデオ、恐れる必要はありません。

これに大量の返信《リプライ》が寄せられていた。

——へー、みんなで見れば良いんだ。今度一緒にみよーよ。

——さすがのケンシン様。あなたのおかげで誰かの命が救われます！

——ああ、腹減った。呪いのビデオ見てから寝よーと。

——一緒に呪いのビデオを見てくれる人求めます。

——呪いのビデオパーティー開催します。参加者は三十人ほどを考えています。DMください。

なぜこんなことを。

文華は即座にケンシンに連絡をした。すぐにマネージャーの瑞江が出てきた。それからしばらく待たされて、ケンシンが出た。

「どういうつもりなんですか、ケンシンさん」

——どういうつもり？

「しらばくれないでください。ネットに呪いのビデオを回避する方法をアップしてますよね」

——ああ、大反響だったよ。おかげで今日は電話対応に大忙しだ。

「なんであんなことをしたんですか」

——わからないことを言うね。世のため人のためを思ってじゃないか。あれで多くの呪われた人々が救われるんだよ。私は今日何度も感謝の言葉を聞いたがね。……ああ、なるほど。君が一番にこれを報告してみんなの注目を集めたかったというわけか。それは悪かったね。どうぞどうぞ、今からあれは私の発見したことでしたって報告すればいい。

「そんなことはしません。大勢で観れば良い、というのはまだきちんと確認したわけじゃない。もし間違っていたらどうするんですか。不用意にあんなことをアップするから、遊び半分で呪いのビデオを観る者たちの数が急増しているはずです。これでもしあの解決方法が間違いだったら、ただただ悪性のウィルスにみんなを感染させただけになる。その責任はどう取られるんですか」

——その時はその時だよ。悪い、また別口で連絡が入ったみたいだ。後で連絡してくれ。それじゃあ。

一方的に電話は切られた。

自宅でできるわずかなデスクワーク以外は、今日一日用事がない。おそらく呪いのビデオの件で一日潰《つぶ》れるだろうと思ってスケジュールを調整しておいた。

とにかく今日一番にするべきなのは、母親にあの時のことを確認することだ。洗面し服を着替え、一階へ。

ダイニングに行くと、早速智恵子が朝食をテーブルに並べ始めた。

「あら、今日も早いのね。どこかに行くの」

「ちょっとお母さんに聞きたいことがあるんだけど」

改まった態度に驚いたのか、手が止まる。

「どうしたの。なんでもどうぞ。それは私にわかることかしら」

「二十年前、私が五歳のころ、高校生の女の子のお通夜に私を連れて行ったの、覚えてる？」

「あら、そんな昔のことも覚えているのね」

「そう、それが私の最初の記憶なの。今日まで聞かなかったけど、あれは、どういう関係で通夜に行ったの」

「亡くなった子がね、私の勤めてる高校の生徒だったのよ。二年生の時には担任もしてたんで、誰に言われたわけでもないんだけど、せめてお悔やみだけでもと思って」

「ちょっと教えてほしいんだけど、その頃『あまふじのか』って生徒がいたかどうか、わかるかな。もしかしたら他校の生徒かもしれないけど」

「さあ、ちょっと覚えてないわねえ。他校の生徒ってどうして」

「制服の襟の形がちょっと違ったの」

「襟……もしかしたら転校生かも。確かこの年転校してきて、しばらくして身体の調子を崩して、結局卒業まで復学できなかった子がいたなあ。名前まで覚えてないけど。二十年前だよね。卒業名簿、たぶん残ってるよ。探してくる。朝ごはん食べて待ってて」

「ごめんね。お願いします」

智恵子がいなくなった間に豚バラと白菜の炒《いた》め物に香の物、お味噌汁《みそしる》の朝ごはんを食べる。智恵子の料理を食べていると、それだけで元気が出てくる。しばらくすると双葉が起きてきた。自分で勝手に朝食を並べていく。そしてそれを、起き抜けとは思えない食欲で片付けていく。ニコニコしながら食べる双葉の顔を見ていると、文華の方までそのニコニコが伝染《うつ》る。みんな無事でよかった。文華はつくづくそう思った。

母親が卒業アルバムを持ってやってきた。

「年度はこれであってると思うよ。その転校生は二組だったと思うんだけど。名前なんだったっけ」

「あまふじのの か。漢字はわからないけど」

「あまふじののかね。ええと」

老眼鏡を掛けて頁をめくる。

「あっ、あった！」

ほらこれ、と頁を広げて見せる。確かにあった。集合写真を撮るときも彼女は休んでいたのだろう。丸く切り取られた彼女の顔が、右上の端に載っている。小さいがそれでもわかる。あの記憶の中の少女に間違いない。

名前は天藤野々花《あまふじののか》。

「悪いけど、電話番号とか住所とか、そんなのもわかるかな」

「卒業アルバムに載ってるかも」

「ええっ、個人情報なのに」

「アルバムに載ってるはずよ」

「えっ、本当？」

「個人情報ダダ洩《も》れじゃん」

もう食べ終わった双葉が参加してきた。

「昔は住所も電話番号も載ってたのよ。同窓会の連絡とかに便利だから。個人情報保護法がまだできたての頃じゃないかな。だからぎりぎりまだ……ほら」

確かに最後の頁に連絡先が載っている。

「お姉ちゃんは、メモ取らなくてもいいんだよね」

「そうだよ、羨《うらや》ましいか」

「うん、羨ましい羨ましい。あたしなんか書いたメモをどこかに忘れちゃうからね」

そう言って胸を張った。

「自慢かよ……」

その時、文華の頭の中で何かが閃《ひらめ》いた。

パチパチパチとジグソーパズルが嵌《はま》っていくような感覚。

「メモだ！　双葉さんきゅ。お母さんごちそうさまでした」

それだけ言うと、二階へと駆け上がった。

部屋に入る。

机の上に置いたメモを見た。

91XXX9E411
それを机に置いた時、上下がさかさまになっていたのだ。そしてそれが、部屋を出ていくときに視界に入った。無意識にそれを記憶した。上下逆のメモを。

間違いない。

やはりこれは電話番号だ。

Eだと思っていたのは、さかさまに見た3だった。東京03局内で、市内局番の頭は多くが3だったのだ。それを頭に上下逆さに見ると、それはまんま、今見た天藤野々花の電話番号になるのだ。間違いない。貞子事件唯一の生存者 nonoka-amafuji はあの少女だったのだ。

となると最後の411が謎だ。これを逆さから見ると4だけは数字として読めない。だがメモに書いてわかった。411は数字ではないのだ。カタカナで書いた「ノノカ」をさかさまから見て勝手に数字だと思っていたのだ。

この電話番号が今も生きているかどうかわからないが、とにかく手掛かりは摑《つか》んだ。

天藤野々花に直接話を聞きたい。

思いついたら即実行だった。

その電話番号に掛けてみる。

繋《つな》がった。少なくとも使われていない番号ではなかった。

何度か呼び出し音が鳴ってから気が付いた。すっかり時間のことを忘れていたが、今はまだ八時にもなっていない。朝早くから掛ける電話ではない。もう一度、後から掛け直そうと思ったとき、かわいらしい甲高い声が聞こえた。

――はい、米沢《よねざわ》でございます。

どうやらお婆さんのようだ。

「ちょっとお尋ねしたいのですが、そちらに天藤野々花さんという方はいらっしゃいますでしょうか」

――野々花？　タカタダが何をしたか知りませんが、まったく縁を切っておりますので、野々花にも私にも、一切かかわりはございません。

「いえ、ええと、私は一条文華と申しまして」

そこで大学の名前を出した。おそらく日本で一番名を知られた大学である。そんなことに使いたくないが、その名を出すだけで信用を得ることができたりもする。

「大学院生です。生命科学研究科に在籍しておりまして、そこで呪詛《じゅそ》と病に関する研究をしています。ある論文で二十年前の事件を知りました。それであの事件と呪詛との関係を調べているんです。もしよかったら唯一の生存者である野々花さんから、お話をお聞かせいただければと思いまして」

――呪いと病ですか。

「ええ、そうです」

――例えば呪いによって罹《かか》った病気のこととかですかね。

「それです。その通りです」

――どうやったら治せるのか、みたいなことも研究されているのでしょうか。

「はい」

返事よりも早く質問が返ってきた。

――どうしたらいいんでしょうか。

「それはまだ研究中で……」

――何とかなるんでしょうか。

「それは、それぞれの呪いに応じてケースバイケースで」

少しの沈黙ののち、米沢は話を始めた。

――野々花はかわいそうな子なんですよ。私の姪《めい》なんですけどね。父親のリュウマはまあ、ろくでもない男でね。高校出たての私の姉をたぶらかして、愛人に仕立て上げたんですよ。最初は奥さんにしてやるとか言われていたんだけど、もちろんそんな気はこれっぽっちもなかった。二人の間にできた子が野々花ですよ。途中から姉に飽きたんでしょうね。わずかな金を渡されて、住んでいたマンションを追い払われましたよ。姉は誇り高い人間でね、両親の世話になることを良しとせず、一人で野々花を育てたんですよ。母子家庭でいろいろと苦労したんですが、苦労が祟《たた》ったんでしょうね。早くに姉は亡くなりました。でね、あのろくでなしと一緒に暮らしたら大変なことになると思って、私が野々花を引き取ったんです。私には子供がおりませんでしたから。野々花はあんな男の娘とは思えない、本当にいい子でねえ……なんであんな男が牢屋《ろうや》にも入らずのうのうと生きてられるのか。まあ二十年近く前に行方不明になってるんで、どこかで野垂れ死にしてるんじゃないでしょうかね。畳の上で死ねるような男じゃなかったですから。

ここで米沢は深い深い溜息《ためいき》をついた。

——ちょっと喋《しゃべ》りすぎましたね。身内の恥を見知らぬ方に長々と、失礼しました。それで……なんでしたっけね。

「野々花さんは今どちらにいらっしゃるのでしょうか」

——入院しているんですよ。精神科に。

「精神科、ですか」

——タカタダがこっそり会いに来てたんですよ。どうせリュウマの差し金です。野々花は優しいから、ああいう男はつけあがるんですよ。ああ、ほんとに腹が立つ。あの馬鹿が呪いのビデオを探して来いと言って、どこかから借りてこさせたんです。呪いのビデオを。それをどこかでちらりと見たか、見せられたか。野々花は半年も経たないうちに体調を崩して。

しばらくすすり泣きの声が聞こえた。

——すみません。あの子が不憫《ふびん》でね。

「あの、その病院の名前を教えていただくことはできますでしょうか」

——治療方法を何とかして見つけてください。お願いします。

そう言って米沢は病院の名前を告げた。

「ところで、タカタダという名前が何度か出ましたけど、それはどなたですか」

——野々花の兄です。こっちは父親が引き取って、自分そっくりのろくでなしに仕立て上げましたよ。リュウマそっくりのクズ人間ですよ。ああ、また余計なことを喋ってしまいましたね。本当に野々花をよろしくお願いします。青春を棒に振ったけれど、今からでも普通の暮らしをさせたくて。お願いします。

何度も何度もお願いしますと頼んで電話は切れた。電話口で頭を下げているのが見えるようだった。

一人の女の不幸な話を聞いて、文華はすっかり疲れてしまった。が、溜息一つで気分を変え、やる気を振り絞ってスマホを手にした。

まず病院の名前を検索する。驚いたことに、文華の実家から車なら十分と掛からない距離だ。

文華は立ち上がり、取材の支度にとりかかった。

お姉ちゃん頑張って、と手を振る双葉に見送られ、文華は家を出た。双葉を学校に送れなかったことに、少しばかり罪悪感がある。罪悪感というより、後悔と言った方が正しいかもしれない。せっかく妹と一緒にいられる時間があったはずなのに、それができなかったからだ。父の突然の死以降、家族と過ごす普通の日常が愛《いと》おしくてたまらないのだ。だからこそそれを失うことが怖くて仕方がない。

ぐずぐずとそんなことを考えている間に、その病院に到着した。予想通り十分と少ししか掛かっていない。

## 9

かなり大きな病院だった。

看板が出ているわけでもなく、入り口にそっけないロゴで瀬馬《せま》病院の表記があるだけだ。一見するとビジネスホテルと間違いかねない。

ガラス張りの表玄関から、エントランスホールが見える。これも病院というよりはホテルのロビーのようだ。入り口の警備員に呼び止められる。用件を告げると、正面にある受付に行くように言われた。受付で天藤野々花に面会に来たことを告げた。叔母《おば》の米沢久美子《くみこ》の代理で来たことになっている。米沢に電話で一報入れてもらったのだ。

「こちらです」

看護師に連れられて漂白したように白い照明の廊下を歩いていく。

「野々花さん、かなり長期の入院になるんですよね」

「十八年になりますね」

にこやかな年配の看護師は言った。

「そんな患者は多いんですか」

「今はできるだけ自宅で治療するのが主流なのですが、どうしてもそういった長期入院患者は出てきてしまいますね。当病院では今のところ天藤さんを入れて五人。少ない方だと思いますよ。長期入院患者で稼ぐ病院もたくさんありますからね」

「長期入院患者が退院することもあるんですか」

「もちろん。でも二十年近くもここにいる患者さんは、おそらくここで寿命を迎えるでしょうね。ご家族もそう思っておられる場合が大半です。あとはまあ、予算の問題でしょう」

決して高級なイメージはないが、それでも長期入院となるとそれなりの金額が必要となるのだろう。

「米沢さんは回復したら引き取りたいとおっしゃってましたよ」

「そこまで回復するかどうか。今のところ不明ですので何とも言えませんね」

「後で主治医の先生からお話を伺うことはできますか」

「先生にお伝えしておきます」

こちらへ、と案内されエレベーターに乗る。

「長期入院患者はみんな六階です。あっ、そういえば一昨日《おととい》もお兄さんが面会にいらしてましたよ。仲が良いようで月に一、二回は必ずこられてます」

兄というのは米沢の言っていたタカタダという男だろう。米沢からは、仲が良いというような話は全く聞かなかったが。

考えていると六階に着いた。

扉が開くと、先に看護師が外に出た。

続けて文華も出る。

二人そろって長く清潔な廊下を歩く。もしかして歩いている間に消毒されているのではと思えるほど、埃《ほこり》一つない真っ白の廊下だ。

なのに……。

気のせいだろうか。一階にいた時より、明かりが少し暗く感じる。

「暗くないですか」

文華が訊《たず》ねると、看護師は「よく気が付きましたね」という顔で言った。

「光量を少し抑え、わずかに赤みを増してあるんです。気分を落ち着けるために最も効果的な照明なんですよ」

そうやって喋っている間、患者らしき人を何度も見かけたが、精神科病棟の長期入院患者、というイメージとは程遠い普通の人たちだった。

ただの偏見だったかもな、と文華は一人反省する。

「612号室です」

プレートを見ながらゆっくりと進んでいく。

看護師は部屋の前で立ち止まり、ノックすると返事を待たず扉を開けた。その扉に外鍵《そとかぎ》が付いているのを文華は見た。場合によっては自由が制限されることもあるのだろうか。

「天藤さん、面会ですよ」

中に向けてそう告げ、文華の方を振り返った。

「何かありましたらナースコールで呼んでください」

そう言うと看護師は腕時計を見た。

「十五分したら迎えに上がります。エレベーターを使うには暗証番号が必要なので。じゃあこれで」

一礼して帰っていった。

部屋に入る。

一人部屋だ。何よりも清潔で、病院特有の臭いもない。

「失礼します」

返答はない。

その女性はベッドで上体を起こし、奥にある大きな窓から外を眺めていた。窓は採光のために作られた嵌《は》め殺しだ。

近くには低い建物しかない。ベッドの位置からなら、見えるのは青空だけだろう。

入り口から見えたのは彼女の後頭部。白髪と黒髪が半分ずつの長い髪しか見えない。

「天藤野々花さんですよね」

近くに寄って、文華は声を掛けた。

野々花は振り返ることなく窓の外を見ていた。文華はしばらく彼女の髪を眺めていた。

「誰」

小さいけれどよく通る声で野々花は言って、振り返った。

顔立ちは幼かった。少女と言えばそれで通るかもしれない。だが、あの時に高校三年生なら四十歳近いはずだ。

「一条文華と申します。呪術《じゅじゅつ》と病に関する研究をしている者です。今回、米沢久美子さんに紹介していただいて取材に参りました」

名刺を出そうとして引っ込めた。

野々花はじっと文華を見ていた。名刺などではない何かで文華の身元を確認しているのだと思った。

「あの時の話」

そこで野々花は口を閉ざし、文華の額の辺りをじっと見つめて言った。

「どこかで会ったかしらね」

「会ってはいるんですが、それは私が五歳のころです」

「あなたも見たの？」

「何をですか」

「あれよ」

文華が貞子と言いかけるのを、しっ、と唇に人差し指を当てて止めた。

「どこにいても見ている。どこにいても聞いている。どこにいても見張られている」

「あのビデオをご覧になったんでしょうか」

それには答えず、野々花は質問を重ねた。

「あなたは誰」

「一条文華です。大学院生で」

「本当にそうなの？」

本当です、という言葉が喉《のど》でつかえた。本当に私は一条文華なのか。あれは人真似が得意。あなたはあれを見た？　「あれは人真似が得意でしょ。だから、あなたは、誰」

「私は……一条文華です」

「そう」

野々花はふうと息をついた。

長い長い沈黙が流れた。

雲一つない空を、黒い影が横切った。

鴉《からす》だ。

何も音はしなかったが、あの聞くものを苛々《いらいら》させる鳴き声が聞こえたような気がした。

そして、野々花が言った。

「……一条さん、お願いがあるの」

「何でしょうか」

「あれはあんなじゃなかった。怒りと絶望がそれを生んだの。それは恐怖で、恐怖を用いてその怒りを、絶望を伝えようとした。いつまでもいつまでも永らえ、彼女のすべてをすべての人に伝えようとした。それを変えたのよ。生き延び増えることだけを残して。あれは醸造された穢《けが》れ。純粋な呪い。あれは人真似なんかしなかった。だからお兄ちゃんを止めて。お兄ちゃんは間違っている。止めないと、いつか酷《ひど》いことになる。大人も子供も女も男も、みんなみんなひどいことになるひどいことよひどいことよひどいことよひどいことよひどいことよひどいことよひどいことよひどいことよひどいことよ」

声を荒げるわけでもなく、ただ単調に機械のようにひどいことよと繰り返す。

照明がすっと暗くなった。

闇がじんわりと滲《にじ》み出てきた。

空から色が失《う》せていく。

瞬く間に空は鉛色の一色で染まった。

そして、鴉の声が聞こえてきた。

野太い濁った鳴き声があちこちから聞こえる。

二羽、五羽、十羽と鴉の数が増えていく。

鴉の群れが鼓膜に擦《こす》りつけるような大声で鳴いている。

文華は我慢できず耳を押さえしゃがみ込んだ。

「……ですか」

声が聞こえた。

顔を上げると、看護師が心配そうな顔で文華を見ていた。

「大丈夫ですか。ひどい顔色だけど」

「あ……すみません」

文華はふらつきながら立ち上がった。

見ると野々花は入ってきた時と同じように、窓の外を眺めていた。

外は晴れ渡っていた。

鴉も鳴いてはいない。

「そろそろ時間なので見に来たんですが」

「どうもすみません。眩暈《めまい》がして」

「本当に大丈夫ですか。顔色がひどく悪いですけど」

「ええ、ご心配おかけして申し訳ないです」

文華は窓を向いたままの野々花に「ありがとうございました」とお辞儀をして部屋を出た。主治医に会うことなどすっかり忘れていた。

# 零ノ弐

神社の拝殿の中。

白地無紋の袍《ほう》と袴《はかま》を着た男が仁王立ちしている。

短く刈り揃えた髪。頬から顎《あご》にかけてのしっかりした男性らしい輪郭。心を射貫《いぬ》くような鋭い目つき。

ただものではない気配を放つこの男が神官なのだろうか。

その前では中年の男性が椅子に腰かけ頭《こうべ》を垂れていた。

何らかの祈禱《きとう》を行っているようだ。

だが普通の神主ではなさそうだ。

彼の横に同じ白地無紋の衣装を着た青年が立っていた。青年は両手で法剣を捧《ささ》げ持っている。

神官が目配せすると、青年はしずしずと神官の前に来て、恭しく法剣を差し出した。

神官は法剣に一礼してそれを受け取り、中年の男の方を見た。

目が合った瞬間、気合を発する。

ぎゅっ、と身が縮むような鋭い声とともに、剣は縦横に空を切った。

そして横に立つ青年に剣を渡した。

一礼して青年は後ろに下がる。

「さて」

神官は少し表情を緩めて中年男の顔を見た。

それまでの緊張が少し和らいだ。

神官は人差し指を立てて己の眉間《みけん》を指差した。

「眉間から身体の中心線を通ってずっと頭頂部までたどっていくとね、そこにちょっとしたくぼみがある。さあ、触ってみてください」

男は指先で眉間から頭頂部までをなぞった。

「どうですか。……ありましたね。そこに光を送ります。御霊光です。御霊光を発するようになるには私のように阿闍梨《あじゃり》の資格を得たうえでチベット仏教を学ぶ必要がありま す。ダライ・ラマをご存じですか。ダライ・ラマは一度必ず日本の密教を学び帰っていきます。つまり私も、実質的にはダライ・ラマと変わりがありません。そうでなければ手から御霊光を放つことは不可能です」

口からでまかせを言いながら、神官は一歩男に近づき、言った。

「ちょっと手を出してもらえますか。どちらの手でも結構です。手のひらを上に向けて。

そう、そうです」

神官は手を伸ばした。男の手のひらの真上に、その手を重ねる。くっつけはしない。指二本分ほどの隙間が空いている。

「じっとして、決して私の手には触れないでください。今から御霊光を授けます。……暖かく感じたら教えてください………」

あっ、と男は声を漏らした。

「感じましたか。なるほど、あなたはそれなりに力があるようだ。どれだけ強力な御霊光であろうと、感じ取れない人は感じ取れないのです。それは良かった。それでは先ほど触った、頭頂部のくぼみ。そこに御霊光を送りますよ。目を閉じて、頭頂部のへこみに気を集中して。ひのふのみ、さあ、どうでしょう。ぴりぴりした刺激を感じますか。それが徐々に暖かくなってきます。暖かく、暖かく、もっともっと暖かく、じっとして、目を閉じる！　口を開かない。口から逃げていくから」

一分足らず、その姿勢のままじっとしていた。

「はい結構です。一回目の施術がこれで終わりました。あなたは素質がある。今日帰ってから寝るとき、あなたはいつになく身体が軽く、ゆったりと眠れるようになるはずです。期待してください。まだまだ最初の御霊光です。うちで施術された人間の中にはどんどん運気が上昇する人がいます。これは内緒ですが、最近めざましい活躍を見せているスポーツ選手がいるのをご存じですか。あの人は私の施術を受けています。あくまで名前は言えませんよ。……そうです。野球選手です。それには返事はできませんが、ええ、そうですね。そういう人が多く私の施術を受けていることは事実です。それではまた。次回は二週間後です。お待ちしています。あなたの願いがすべて成就しますように、私も願っております」

中年男は礼を言って席を立ち、拝殿を出ていった。

視界から男が消えた途端だった。

神官は怒鳴った。

「きちんと聞いてたのか、顕真《けんしん》」

「俺は顕真《たかただ》だ」

そう言う青年を、神官がいきなり蹴《け》り倒した。

尻餅《しりもち》をついた顕真は、神官を睨《にら》みつけながら立ち上がった。

「おまえはケンシンだ。天道顕真がおまえの名前だ」

「で、親父が天道琉真《てんどうりゅうしん》ってか。馬鹿らしい。おまえは天藤琉真《あまふじりゅうま》って名前のチンピラだよ」

琉真は顕真につかつかと近づき、思いきり体重の乗った拳《こぶし》を腹に叩《たた》きこんだ。

顕真はへなへなとその場にしゃがみ込んだ。

「今来ていた男は馬鹿だ。本物の馬鹿だ。霊媒師のところに行けば運気が上がると思っているのが馬鹿だ。大体、運気なんてものを信じたところから馬鹿だ。真性の馬鹿だ。

良いか、よく聞け。世の中には二種類の人間がいる。馬鹿と馬鹿を狩る者だ。馬鹿は使い出がある。うまく使えばいくらでも利用できる。馬鹿は資源だよ。金を引きずり出せるだけじゃない、様々なことに使える。それはおいおいおまえにも教えてやろう。下らん反抗心を捨てさえすればな」

顕真は腹を押さえゆらりと立ち上がった。

「言っとくが、俺はあんたが思っているほど馬鹿じゃない。あんたが教えてくれたことはずいぶん役に立ったよ。だからもうあんたと別れて一人でやりたいんだよ、この仕事。親父はそろそろ引退して田舎に引っ越したらどうだ。いろいろあって田舎には戻れないか。じゃあ、いい老人ホーム紹介してやるよ。俺に太い客を譲って、引退」

琉真は再び殴りかかってきた。

よほど腹が立ったのだろう。今度は拳を顔面に叩きつけてきた。

予見していた。

そのために怒らせたのだから。

琉真は顕真を見縊《みくび》っていた。顕真は琉真の教えをしっかり学び取っていた。馬鹿は使えるだけ使う。そして使えないなら排除する。何をしたって良い。何故ならそいつは馬鹿だから。

琉真の拳は、上体だけでかわした。

見切ったのだ。

かわすと同時に、琉真の伸ばした腕の横を滑るように懐へと飛び込む。

慌てて止めようと反対の手を伸ばしたが、間に合わない。

顕真の身体はすでに目前だ。

琉真の両腕が伸び、まるで飛び込んできた息子を抱きしめようとしているように見えた。

だが顕真は親に甘える子供ではない。

産んだ親を喰《く》らう獣だ。

顕真が右手に持っているバリカンのような器具。それはいつの間にか懐から取り出したスタンガンだ。

それを琉真の首筋にぶつけた。

押し付けられた電極が半ば首に埋まっている。

何の音もせず、火花も散らさず、十五万ボルトの電気が琉真に流れた。

筋肉がぎゅっと強張《こわば》って動かなくなる。

それでも顕真はスタンガンを離さない。電池が空になり、電流が流れなくなるまではそのままじっとしていた。

そしてスタンガンを離す。

琉真は糸を切られた操り人形のように、ぐにゃりとその場に崩れ落ちた。

顕真は父の首筋に手を当てる。

まだしっかり脈を感じる。

「糞親父《くそおやじ》、本物の強心臓だな」

今度はロープを取り出した。

それをぐったりした琉真の首に巻き、肩に載せて立ち上がる。袋を担ぐサンタクロースのようだが、こんなプレゼントを欲しがる子供はいないだろう。

体格なら琉真の方が良いが、身長では顕真が勝っていた。

背中合わせで息子に背負われた琉真の喉《のど》にロープが食い込む。

そして両足が床から離れた。

背に乗った琉真の身体を揺する。

琉真の身体はぐったりして重い。

それをいったん床に置いて、拝殿奥の襖《ふすま》まで引きずっていった。襖の上にある欄間の隙間に、ロープを投げて通す。

そしてロープをぐいと引いた。

横たわる琉真が上体を起こす。

そのままぐいぐいとロープを引く。

琉真の尻《しり》が床から離れた。

その状態でロープを柱に縛った。

首回りを点検する。頸動脈《けいどうみゃく》と椎骨《ついこつ》動脈がきちんと押さえつけられているのかを確認しているのだ。

よし、ＯＫ。

一人納得して時計を見る。

そして携帯用の灰皿を出して、煙草を吸った。待っているのだ。死体が完成するのを。きっちり二十分経ってからロープを外し床に下ろした。脈はない。瞳孔《どうこう》は開いたままだ。呼吸もしていない。

顕真は携帯電話を取り出し、誰かと話し始めた。

「ああ、顕真だ。今日やった。一人、成人男子……いったん床下に隠しておくよ。解体からやってもらえるのか……わかった。報酬額は前回話した通りだ。……今からは無理だ。客が来る。今夜二十時にそちらに届けるよ。じゃあ、よろしく」

電話を切ると、その場の床板を外した。簡単に外れ、床下に逃れることができるようになっている。もともとは逃走用だ。裏社会の人間に追い込まれたり、警察に追われたときのために、顕真に命じて作らせたものだった。ろくでもない生涯を送ってきた琉真の〈生きるための工夫〉だ。

拝殿の外から声がした。

「すみません。三時半から予約をいれた藤沢《ふじさわ》です。どなたかいらっしゃいませんか」

はいはい、と顕真は拝殿の前まで出ていった。

「藤沢様。お待ちしておりました。ただ、ちょっとお詫《わ》びしないといけないのですが、実は琉真が出かけたまま戻らないんですよ。いつものことなんですが……。藤沢様もこれで二度目ですよね。本当に申し訳ないです。いつ戻ってくるのか、なんとも言えないので、今日も私が祈禱《きとう》しますが、いかがでしょうか」

夫婦連れで来ていた男は苦笑しながら言った。

「先生もそろそろ引退ですかね。もともと放浪癖があるとは聞いてますが、年を取って余計にひどくなったのかもしれませんね」

「そうなんですよ。申し訳ありません」

顕真は深々と頭を下げた。

「いえいえ、実はこの前若先生に祈禱していただいてから、いくつか良い話が舞い込んできまして、仕事が順調なんですよ。だから、どちらかというと若先生に祈禱していただける方が有難いんです。いや、琉真先生には言わないでくださいよ」

「言っても何も言わないと思いますよ」

顕真は心からの笑みを浮かべた。

# 環の章

## 1

頭の中の整理をしながら、文華は病院から出てきた。なぜ野々花が呪いのビデオを観ることになったのかはわからない。とにかく野々花は貞子の呪いに触れてしまった。それから七日以内に彼女はダビングしたはずだ。でなければその時点で彼女は死んでいる。それでも野々花は呪いから逃れることができなかったのだろうか。病室での超常的な現象は、彼女の影響を受けて見た文華の幻影か。彼女が心を病んでいるのは呪いのせいだと考えるべきか。そうであるなら〈七日以内にダビング〉のルールは無駄だったのだろうか。それともあの状態は一度感染した後の後遺症なのだろうか。

頭の整理がつかぬまま、病院の駐車場まで来た。

ここまで乗ってきた父親のコンパクトカーが見えた。

扉を開き、車に乗り込もうとした時だった。

駐車場の奥にあるライトバンの向こうから、こっちを覗《のぞ》いている女性がいた。

「えっ、お母さん?」

文華は呟《つぶや》いた。

なんでこんなところに、と思いながらライトバンの方へ歩いていった。顔がはっきりと見えた。間違いなく智恵子だ。

声を掛けようと文華はさらに近づいた。

向こうも車の陰からゆっくりと出てきた。

文華は立ち止まった。

あれはお母さんじゃない。

その〈おかあさん〉は白いワンピースを着ていた。ワンピースはシミだらけで黄ばんでいた。

そして〈おかあさん〉の頭はぶるぶると小刻みに震えているのだ。まるで水中にいるかのように黒髪だけがゆっくりとたゆたう。

これは貞子の擬態だ。

でも、どうして。

呪いはもう解けたのではないのか。

大勢で観れば逃れられるのではなかったのか。それが間違いなら、もしそうならネットに流れた解決法はどうなる。

ほんの一瞬の間に様々な想いと思考が生まれ、頭が爆発しそうだった。

すべきことを順に並べてみよう。

わざとらしいほどに冷静な思考をする。

冷静たれ。冷静たれ。冷静たれ。

頭の中で繰り返しながら、ゆっくりと深呼吸をした。

ちらりと〈おかあさん〉を見た。ぎこちない動きでゆっくりと近づいてくる。だがまだ呪いが発動して死ぬまでにはかなり時間がある。落ち着いて対処すれば、あれは近づく前に消え失《う》せるだろう。

そう、何よりも一番にすべきことはこれだ。

スマホを手にし、いつものSNSへつないで投稿した。

――呪いを解くために大勢で呪いのビデオを観るのは間違いの可能性が高い。あまりにも危険なのでやらないでください。

反応《レス》はすぐに返ってきた。肯定と否定は半々だった。やはりケンシンと比較され、先に解決策を投稿されたので邪魔をしようとしているとか、嫉妬《しっと》だろう、という反応もあれば、文華の反論きたー、とはしゃぐ人もある。だがいずれにしても、これでは呪いの拡散を食い止めることは難しいだろう。みんなはただケンシンと文華が喧嘩《けんか》をしているだけだと思っている。もっと真剣なものだとわかってもらうには、やはりケンシンが直接否定しないと伝わらないだろう。

ケンシンに連絡を入れようとしたら着信音が鳴った。

双葉からだ。

——お姉ちゃん。

泣きだしそうな声だ。

「どうしたの」

——祥子がまた出たの。

「貞子ね」

——うん。呪いは消えたんじゃなかったの？　お姉ちゃん、あたしたちどうしたらいい。

「少しだけ待っててちょうだい。双葉もお母さんも絶対にあたしが守るから」

——わかってる。お姉ちゃん。

「そうそう、お母さんと一緒にいつでも動けるようにしておいて。急に家を出なければならないかもしれないから」

——わかった。それじゃあ、お願いします。頑張ってね。

双葉との電話を切ったとたんに再び着信があった。今度は前田王司からだ。

はい、と言うのに被《かぶ》せて王司は言った。

——文華ちゃん、いやいや、一条さん、一条様。また出たよ。来ちゃったよ。

こっちも泣きだしそうだ。

「私のところにも出ましたよ。お母さんに擬態していた。そっちもそう？」

——それがこっちは一条さんそっくりで、思わず抱きつきそうになっちゃった。

「どっちにしても抱きつくのは止めてください」

——えっ？

「えっ、じゃないです。それで今どこにいるんですか」

——自宅だけど。

「そしたら何種類かの呪符《じゅふ》がありますよね」

文華は王司の部屋を具体的に思い出していた。

——あることはあるけど、これ、ただのコピーなんだけど。

「関係ないと思いますよ。バチカンのホームページを閲覧するのに、聖別されたアドレスなどなくても、普通のアドレスを入力すればつながりますよね。それと一緒です。私思うんですけど、呪いのビデオは確かに当初貞子の強い怨念《おんねん》が作り出した何かだったのでしょう。でも年月が経つにつれて貞子個人の情報はどんどん抜け落ちて、呪いの骨組みだけが残ったんじゃないかって。貞子の強烈な怨念は、擬態なんて手段を使ったりしないと思うんですよ。怨念は呪う相手に、より大きな恐怖を与えることによる報復を目的とするんじゃないかな。擬態は恐怖や報復とは無縁な『増殖したいという欲望』から生まれてると思うんですよ。つまりウイルス的なシステムだけが残され、貞子としての個性は消えてきているんじゃないかって。まあ、あまり科学的考察ではありませんけど。要するに今はすべての〈呪い〉に共通する骨組みだけが残されているから、不特定多数の〈呪い〉に効果があるだろう一般的なお守りや護符でも役に立つんじゃないか、と思うんです」

　返事はない。

「もしかして眠ってます？」

　──起きてるんだけど、なんていうか、ちんぷんかんぷん。あれ、ちんかんぷんぷんだったっけ。

「とにかく、呪符を持ってきてください。使えるかどうかはわからないけど、準備なしよりはましでしょ」

　──ましです。

「素直でよろしい。あっ、また着信だ。ええと、後でケンシンさんのスピリチュアルサロンの前で待ち合わせしましょう。時間は後で連絡するということで。それじゃ切りますよ」

　感電ロイドからのメッセージが届いたのだ。タブレットに映し出してみた。

　──呪いのビデオの売人、特定した。住所は南箱根《みなみはこね》にある天琉神社《てんりゅう》だった。

　メッセージには画像が添付されていた。古びて捨て置かれた神社の画像だ。それには『天琉神社』とキャプションがつけられていた。

　すぐに閃《ひらめ》いた。

　記憶と結びついたのだ。

ケンシンのスピリチュアルサロンに入った時だ。一階に飾られていた履歴パネル。そこにこの天琉神社の写真があった。その横の長文のキャプションも覚えている。そこにはケンシンが南箱根の天琉神社の正統な後継者であること、その天琉神社が一三〇〇年の歴史を持つ由緒正しい神社であること、などが自慢げに書かれてあった。

つまりここはケンシンの実家ということか。

また頭の奥で閃いた。

チクリとした痛みに似ている。

ケンシンと出演したテレビ局のスタジオの一場面だ。

引き伸ばされたスクリーンショット。

そこに写っているのは闇サイトの投稿画像だ。『呪いのビデオ』の出品者のアイコン。

「なんで最初にそれを思い出せなかったんだろう」

文華は悔しそうに呟いた。

出品者のアイコンはケンシンの持つ法剣に刻印された紋章――太極図のようだが非対称でいびつな意匠――と全く同じだった。

もう間違いないだろう。

呪いのビデオを出品して広めたのはケンシンだ。

いったい何のために。

文華は両手の親指で頸動脈《けいどうみゃく》をゆっくりと揉《も》む。激流のように流れる血液を想像した。

ごうごうと音をたてるのが聞こえる。聞こえるような気がする。

頭の中で思考は閃光《せんこう》となって駆け巡った。時間は限られている。次の一手を失敗したら二度目はない。記憶と記憶をつなぎ合わせて最高の一手をうたねば。

まだ時間はある。

解決のキーはケンシンだろう。

しかしそれで解決できるかどうか、保証はない。ケンシンの次の行動が読めないからだ。

家で待っているだろう智恵子と双葉のことを考える。その時初めてあの〈おかあさん〉の姿が消えているのを知った。まだ二十四時間は経っていない。時間がある限りまだ大丈夫だ。呪いは律義にルールを守る。

——貞子の呪いはなんでもありじゃない。この世の仕組みにある程度は従わねばならない。

これはロイドの意見だが、文華もそれは正しいと思う。大体貞子の呪いは天然痘ウィルスの模倣から始まっている。そのために、この呪いは物理則から逃れられない。現れた貞子、あるいはその擬態は、人と同じ速度で後を追ってくる。だから逃げ切ることはそれほど難しいことではない。双葉の話から考えると、完全に貞子から逃れると、しばらくして貞子は水滴と共に眼前に現れる。逆に言うと、こっちがそれを観察している間は普通に歩いて追ってくるだけだ。

もしも双葉たちが襲われたとき、速やかに車で逃げれば。現れても現れても猛スピードで逃げ続ければ、何とかなるんじゃないだろうか。楽観的過ぎるとも思うが、悲観的になっても先には進まない。

時計を見て文華は考える。

やはり実家に車を置いていこう。いざというときにタクシーをひろうのは大変だ。捕まらなければそれで終わる。

いったん家に戻り車を置いて、そこから王司と待ち合わせてケンシンのスピリチュアルサロンに行く。

最悪、サロンにケンシンがいないことも考えられるが、その時はその時だ。とことん追いかけて必ず捕まえる。

文華は車に乗り込み、実家目掛けて走り出した。

道は空《す》いていて、十分と掛からなかった。車庫に車を停め、家に入る。

「お姉ちゃん！」

「文華！」

鍵《かぎ》を開ける音で玄関まで出てきたのだろう。待ち構えていた二人が声を揃えた。

「まだ解決はしていないの。もう少し時間が必要。でも私が必ず二人を助けるからね。とにかく今はここで待機していて」

二人が文華に目ですがりつく。

大丈夫。

それは自身に言い聞かせる。

私が何とかする。

「お父さんの車はここに置いていくから、私が行き先を指定したら、そこに来て。電話でも言ったけど、今日は二人は一緒にいて。双葉はお母さんを助けて。お母さんは一人で無理しないで、双葉を頼ってね。とにかく、あとは私の連絡待ち。頑張ってもらうのはそれからかも。じゃあ、そろそろ行くね」

頑張ってね、と二人そろって見送りに出る。それに笑顔で手を振って、文華は国道へと向かった。配車アプリでタクシーを呼び、待っている間に王司へ連絡を入れる。

電話に出ると同時に王司は泣きついてきた。

――どうしたらいい。ねえ、どうしたらいい。あんまり一人にしないでよ。怖くなってくるから。で、どうしたらいい。

「今からタクシーでケンシンのサロンに向かいます。大体時間を合わせて来てください。それから呪符をわすれないように」

――オーケーオーケー。

「じゃあサロン前で待ち合わせましょう」

電話を切り、メールチェックをしていないことに気が付いた。メールの利用は少なくなったがゼロではない。

確認して未読メールがいくつかあるのを知った。ほとんど今読む必要のないメールばかりだが、一つだけすっかり忘れていたメールを見つけた。局に頼んで送ってもらった、ケンシンと共演した時の資料がPDFで届いていたのだ。

ケンシンの略歴や二十年前の貞子事件の概要など、ほとんど知っている内容ばかりだった。それをぼんやりと読んでいる間にタクシーがやってきた。

乗り込んでスピリチュアルサロンの住所を告げる。

その時ようやく文華はそれに気が付いた。

「ああ、馬鹿だ馬鹿だ。なんで病院で話しているときにこれに気が付かないかな」

一人呟《つぶや》く。

ケンシンはフルネームで天道顕真。父親の名前は天道琉真。

病院にいた貞子事件唯一の生き残りの女性が天藤野々花。父親が天藤リュウマ。兄が天藤タカタダ。

天藤《アマフジ》はテンドウと読める。つまり天道。

父親の琉真《リュウシン》は、同じ漢字でリュウマと読める。ケンシンは漢字で顕真。これも同じ漢字でタカタダと読める。

つまり野々花の父親は琉真。そして兄がケンシン。野々花は最後、必死になって「お兄ちゃんを止めてくれ」と言い続けた。

やはり間違いない。

すべての背後にケンシンがいる。

「運転手さん、申し訳ないんですけど、ちょっと急いでもらえますか。いろいろ事情がありまして」

「わかりました。法律の範囲内で極力頑張りますよ」

運転手はそう言ってバックミラー越しににこりと笑った。

2

サロンの玄関前に王司は立っていた。まるで迷子になった子供のように心もとない。タクシーが停まって文華が降りてくるのを見ると一瞬で喜色満面となり、子犬のように駆け寄ってきた。

ハグしようと差し出した両手を、文華は平手でぱんぱんと弾《はじ》いた。それでも王司の笑顔はそのままだ。

「い、一条様。お待ちしておりました」

「丁寧すぎるのも嫌みですよ」

「イヤミ……なんか聞いたことあるなあ」

「そりゃあ聞いたことぐらいあるでしょう。普通に使う言葉だから」

「そうじゃなくて、あれですよ、『おそ松さん』の、しぇーって言う奴。ほら、しぇーって——ちょっと待ってよ」

さっさと前庭へと入っていく文華を、王司は慌てて追いかけた。

玄関扉を開いて中に入るとエントランスホールだ。ケンシンの写真とケンシンの業績とその他様々なケンシングッズに囲まれ、二階へと向かう螺旋《らせん》階段を上った。

昨日文華を追い払おうとした受付の女性が、ケンシン様がお待ちです、と奥へと案内した。そこから今度は瑞江に連れられ、長い廊下を歩いて運命《さだめ》の間にようやく到着した。

扉が開かれ、二人は中へと通された。祭壇は前のままだが、大きな液晶モニターは片付けられていた。

「ケンシン先生」

瑞江が呼びかけると、祭壇の横にある階段からケンシンが降りてきた。前と同じ派手な衣冠姿だ。

ケンシンは鷹揚《おうよう》に手を振り、瑞江を外に出した。

「何を言いに来たのか、わかりますよね」

いきなり文華は言った。

「はて、なんのことでしょうか。あなたが話があるからと聞いて待っていたのですが」

へらへらと笑いながらそう言うケンシンを文華は睨《にら》みつけた。

「呪いのビデオを闇サイトで売ったのは、ケンシンさん、あなただ」

「ちょっと調べればわかるようなことを、そんな偉そうに言われてもねえ」

ケンシンは面白い冗談でも言っているように、満面の笑みだ。
「先生」
今度は王司が一歩前に出た。
「嘘ですよね。そんなことしてませんよね。何かの間違いなんでしょ。説明してくださ
い。先生がそんなことするわけないんだから」
「いいかい、王司君。この世には二種類の人間がいるんだ。食う人間と食われる人間だ。
私の父親はもっと単純に、食われる人間のことを馬鹿と言っていたがね。だがそんな、
勉強すれば何とかなるようなものじゃないんだ。食われる人間は何をどうしても食われ
る。ただただそのためだけに生まれて、そのために死んでいくんだからね。君は自分が
どっちだと思う。食う人間か食われる人間か」
「俺は……」
「食われる人間だ。君は誰でも信じる。見るからにいかがわしい霊媒師のことでもね。
そういうのは純粋でも熱血でもない。ただ思慮が浅いだけだ」
「シリョガアサイ？」
おかしなアクセントで王司は繰り返した。
「君は私のような人間に食われる。今でなくても、いずれはそうなるんだよ。食われた
くなかったら、ウサギのように常にびくびくと周囲を見回して、いつでも逃げられるよ
うに準備しておくんだね。まあ、もう遅いんだが」

「馬鹿にするのもいい加減にしてください」

　文華が言った。

「この世に食われるだけの人間なんていません。食うものと食われるものだけが存在する世界なんて、最初から存在しないからです。それは人を食わないと生きていけない浅ましい生き物の方便ですよ」

「ちょっと待ってください」

　割って入ってきたのは王司だ。

「食うだの食われるだの、そんな物騒な話はもう結構です。ケンシン先生、なぜ呪いのビデオをネットで売りに出したんですか。先生は悩める人を救うためにこの商売をやっているんですよね。混迷するこの世界を照らす一筋の光となれば良い。先生は先生のご本でそう語っておられますものね」

　ぷっ、とケンシンは噴き出した。

「本当に、君って男は面白い。確かに私はこの世界に変革をもたらそうと思っているよ。混迷するこの世界。下らない馬鹿馬鹿しいこの世界を、もっともっと楽しいものに変えたい。それが私の願いだ」

「そうですよね。だからあのビデオのことも何か深い意味があるんですよね」

「エンターテインメントだよ」

「どういうことですか」

王司が訊《き》いた。

「世界は娯楽だよ。私にとって、そしてみんなにとっても。我々は人の不幸を好む。悲惨でとびきり残酷な事件も、他人事《ひとごと》であれば興味津々だ。死んでいく病気の子供たちの物語を、舐《な》めるようにして味わう。戦争が引き起こす悲劇を涙するために貪《むさぼ》る。そんな人間のために私は新しい物語を提供するんだ」

「ごめんなさい、先生」

王司は頭を抱えた。

「先生のおっしゃっていることがよくわからないんですが」

王司を無視してケンシンは言った。

「一条君。私もどちらかといえば君と考え方は同じでね。この世に超常現象など存在しない。全てはビジネスに利用された絵空事だと思っていた。そんなことにしがみ付く馬鹿からはどれだけ搾取しても構わないとね。だって馬鹿だから。どうぞお食べくださいと首を差し出す豚なんだから。私の父親は下らないクズ野郎だが、それでも私に人を支配するにはどうすればいいかを教えてくれた。だから私は食う側に回れたんだ」

くくく、とケンシンは喉《のど》で笑う。

「親父自体は結局食われる人間だったわけだがな」

「先生は……俺のこと騙《だま》してたんですか」

王司は涙目でケンシンを睨みつけた。

「だから言ってるだろ。君は食われる側の人間だって。私なら君を骨の髄まできちんと料理して、皿に残ったソースの一滴まで食べつくしてあげるよ」

「先生のこと尊敬してたのに！　科学じゃ解明できないことがこの世にはあるって！　だから呪いのビデオだって怖かったし、先生のお祓《はら》いだって信じてたのに！」

王司は胸倉を摑《つか》もうとして、すごい剣幕でケンシンに迫った。

その腹に、ケンシンはまともに拳《こぶし》をぶつけてきた。鍛えられていない腹に、拳が埋まった。

声も上げず、王司はその場に跪《ひざまず》いた。

「暴力」

そう言ってケンシンは祭壇から法剣を取り出した。

「これもまた人を操るために重要な要素だ。使い方によっては圧倒的な効果を現す。痛いかね、王司君。どうだい、それでも私に摑みかかろうなんて、まだ思っているのかい。次はもっとひどい目に遭う。痛いよ。もっともっと痛いよ。それどころか命を奪われるかもしれない。そんなことしないと思っているのかい」

ケンシンは蹲《うずくま》る王司の前にしゃがみ込んだ。そして王司の胸倉をぐいと摑んで顔を上げさせた。蒼《あお》ざめた王司の顔をじっと見てケンシンは言う。

「そう、恐怖もまた人を操る重要な要素だよ。ほら、呪いってやつが、なかなか利用価値のある道具だってわかるだろう。呪いは恐怖を与える効果的な方法だからね」

ケンシンが手を放す。

王司がぐしゃりと濡《ぬ》れ雑巾《ぞうきん》のように床に頽《くずお》れた。

ケンシンが立ち上がる。

そして今度は文華に近づいた。

「私は超自然的な呪いを信じていなかった。君と同じようにね。だが、やはりこの世に呪いは存在した。二十年前、親父はダビングされた呪いのビデオを手に入れた。祈《き》禱《とう》を頼まれたんだよ。親父はいい加減な祈禱をして、そのテープを預かった。しかしご存じのように祈禱などではその呪いは食い止められなかった。だからと言って私たちが訴えられることはなかった。娘を失って間もなく、父親も呪われたからだ。私は独自に貞子の呪いのことを調べた。大勢の人間が不自然に亡くなっていた。呪いは疑いようのない事実だった。親父は恐ろしくなって、もう手を出すなと私を諭した。あれで、呪いの存在が確かなものであることを私は知った。親父はテープを護摩壇で焼き払ってしまった。私は止めたが無駄だった。その時まだ私は非力だったのでね。どっちにしても小心者の親父には、呪いのビデオを利用する力量はなかっただろうがね。所詮《しょせん》は食われる側の人間だよ。だが私は違う。いつか利用するつもりでいた」

「だから妹さんを利用して呪いのビデオを手に入れた」

文華が言った。

「どうしてそれを」

ケンシンは文華を睨《にら》みつけた。相談客の相手をする柔和な顔でも、祈禱をするときの真剣な顔でもない。ひどく歪《ゆが》んだ凶悪な相貌《そうぼう》だった。なるほど人を食ってもおかしくない。文華は本気でそう思った。

「天藤《あまふじ》野々花さんのお見舞いに行ってきました」

「会ったのか、野々花に」

「お兄さんを止めてくれと、野々花さんに頼まれました。野々花さんにいったい何をしたんですか」

「偶然貞子事件の犠牲者と知り合いだったらしいので、呪いのビデオを譲ってもらう交渉を頼んだんだ。もう二十年近く前の話だ。言っておくが妹がああなったのは、犠牲者のすぐ近くでビデオの一部を覗《のぞ》き見てしまったからだ。まあ、どうせ観てしまったんだから、いろいろと実験を手伝ってもらいはしたけどね」

「実験？」

「貞子の呪いをコントロールできるようにな。だが失敗続きだった。無駄に人を死なせただけだった。さすがの私でも最近までそれを利用することは諦《あきら》めていた」

「死なせた……何を言ってるんですか」

目の前にいる人間の皮がペロリとめくれ、下から恐ろしい何かが現れたような気分だった。

「呪いのビデオは、しばらく放置していた。それを使ってみようと思ったのは最近のことだ。ビデオという古臭いメディアから呪いを解放したい。私はずっとそれを思って実験を重ねてきた。が結局それを成功させるためには、今のネット環境とスマホなどのデバイスの進化が必要だった。で、実験を再開したのだが、ビデオを映像ファイルへと変換することはそう簡単にはできなかった。苦労したよ」

普通に映像ファイルに変換しても、真っ黒だったり真っ白だったり、なぜか海岸の風景がぼんやりと映っていたりで使い物にならなかった。そこでビデオ側の再生速度を細かく変えてみたり、ビデオキャプチャの機器やソフトをいろいろ変えてみたりして、ようやく最適な方法を探り当てた。

「映像的にはほぼ同じ映像をダビングできても、問題は呪う力があるかどうかだ。まあ、これも実験で探るしかなかった。地道な作業さ。よくあそこまで頑張れたと今になって思うね」

「それはつまり、呪いの効果を確かめたってことですか」

文華の問いに、ケンシンはあっさり「そうさ」と答えた。

「人間でですか」

「当然じゃないか。動物で実験できたらやったが、それは無理だった」

「あなたって人は……」

文華は絶句した。その先の言葉が浮かばなかったのではない。こみ上げる膨大な嫌悪の言葉が喉でつかえたのだ。

「でもそのおかげで貞子の呪いは使いやすく世間に広がりやすくなった。よく考えてみろ。最初の貞子のビデオは上書きされて、おそらく最後に記されていただろう七日以内にダビングしろという指示が抜けていた。すでに加工され進化していたんだ。それ以外にもビデオテープを媒体に選んだゆえに、映像はダビングするごとに劣化していく。おそらくそれにつれて呪いの形も変わっていったはずだ。今では最初の呪いのビデオがどのような形のものだったか推測すらできないがね」

「遺伝子と同じですね。遺伝子は同じものを正確に作り出していく機能を持っているが、時折突然変異を生み出し、次世代に多様性をもたらす。同じものばかりだと同じ原因で一斉に滅びる可能性があるからですが、貞子の呪いはそれと全く同じ構造を持っているということですか」

「その通り。呪いの生き残り戦略だ。もともとウィルスを模倣しているのだから当然と言えば当然なんだがな。そして私はそれに手を貸した。もう滅びるしかないビデオから、ネットの海へと呪いを拡散していったんだからな。呪いの効果が表れるのが一週間後から二十四時間後に縮まったのは偶然の産物だ。これがまた拡散の速度を上げることになる」

　ケンシンは心から楽しそうにそう言った。

「ではなぜビデオを売りに出したんですか。すぐにネットに流せば良かったのに」

「あれは映像ファイルに落とし込んだものをまたビデオテープにダビングしたんだ」

「なんでそんなことを」

「貞子の呪いとして、世間に知られている形で出した方が早く広まると思ったからだ。そして噂が程よくいきわたってから、ネットに映像を上げるつもりだった」

「何してるんですか」

腹を押さえながら王司が立ち上がった。

「二人して議論している場合ですか。こうしている間にも呪いは拡散しているんだ。そして人が死んでいく。愛ちゃんみたいに。おまえの、おまえのせいで」

王司はケンシンを指差した。

「人を指差すなと親に教えてもらいませんでしたか」

言うと同時に、その手を法剣の切っ先で払った。

ぎゃっ、と王司は脅された猫のような悲鳴を上げた。

法剣は刃を潰《つぶ》してあるが、鉄製の重いものだ。しかもケンシンの剣捌《さば》きは剣道の心得のある者の動きだった。鉄棒で思いきり手を叩《たた》かれたようなものだ。

王司は腕を押さえて顔をしかめた。骨にひびが入っていてもおかしくない、容赦ない一撃だった。

「これで頭を殴れば十分人を殺すことができるんだよ」

そう言うとケンシンは法剣を両手で持ち、中段に構えた。

「試してみようか？」

「それって、あの、俺たちを殺す宣言ですか」

恐る恐る王司は訊《たず》ねた。

「本気みたいよ」

文華はケンシンの目にその意思を感じていた。それは間違いなく人を殺したことのあるものの気迫だった。

「私があっさりと白状するって、おかしいとは思わないか。おまえたちは警察でも何でもないんだ。しらを切ればそれで済む。まさか罪の重さに耐えきれずおまえたちに告白したとでも思ったんじゃないだろうな。そうだとしたら頭の中に花が咲いているとしか思えない」

ケンシンはそう言って二人の顔を交互に見た。

「おいおい、ここまで言っても、こんなところで二人も殺すなんてありえない、とか思ってるのか。残念だが私はおまえたちを殺すのに何の躊躇《ちゅうちょ》もないよ。殺しても後悔もしない。ここでおまえたちを殴り殺し、付き合いのある業者に連絡を入れる。三十分もしたら移動火葬車でやってきて、燃やせるサイズに切り刻み、きれいな灰に変えてくれる。それで終わりだよ。二人分だからそれなりに金はかかるがね。言っておくがマネージャーもここの受付嬢も、おおよそのことには気がついている。気がついて黙っている。言ったろう。恐怖と暴力で人は支配できるって。さあ、それじゃあ早速」

ケンシンが一歩踏み出した時だった。

人が出したとは思えない絶叫とともに、王司がケンシンに飛び掛かっていった。

慌てることもなく、ケンシンは切っ先で軽く王司の肩を突いた。

一拍間をおいて、絶叫が悲鳴に変わった。王司はこの世の終わりのような声を上げ、床に蹲《うずくま》った。

悲鳴が途中から泣き声に変わった。

「喉《のど》を突いたら一瞬で殺せたんだがな。後に回すよ。それより、ここは一条君にお相手願いたいね」

言いながらじりじり近づいてきた。

文華は出口の扉を見た。そこに行くにはケンシンの横を通っていく必要がある。いや、それ以前に王司を残していくことはできない。

「覚悟ができたか。まずは肋骨《ろっこつ》を折る」

そう言って踏み出そうとしたケンシンの動きが止まった。

その足を王司が摑《つか》んでいるのだ。どうやら肩の骨は無事だったようだ。

「逃げて！　今のうちに逃げて！」

王司は甲高い声で叫んだ。

舌打ちしてケンシンはその腕を踏みにじる。

文華にしても逃げられるなら逃げたい。が、そのためにはケンシンのそばを通らなければならない。剣を持つケンシンの横を無事に通れるとも思えない。

身動きが取れない。
「文華ちゃん、早く。早く逃げて、あああああ」
痛みに耐えきれず、王司が手を放した。
ケンシンが、うつぶせる王司の脇腹を蹴《け》り上げた。
王司は声も上げず、ゴロゴロと棒きれのように転がった。
それを見もしない。
ケンシンは上段に構えた。
すでに文華はケンシンの間合いに入っていた。
一歩踏み出しながら法剣を振り下ろしたら、その時が文華の最後だ。
ケンシンは笑っていた。
一方的な暴力によってこの場を支配していることが愉快で堪《たま》らないのだ。
大きく一歩踏み込む、その瞬間だった。
ケンシンの目が何かを捉《とら》えた。
振り上げた剣がゆっくりと下りてゆく。
その目が見ているのは文華ではない。
祭壇横にある、階上へと続く階段の辺りをケンシンは凝視していた。
「親父……どうして」
蒼《あお》ざめた顔でケンシンはそう呟《つぶや》いた。

文華も階段の方を見た。

だがそこには何もない。

しかしケンシンは、そこから下りてくる何かを目で追っていた。

額からこめかみへと、一筋汗が流れる。

冷や汗だ。

「やはり複数で観るというのは有効ではなかったのか」

その声が震えている。

彼は幻を見ている。

文華はそう思った。

それはおそらく、貞子の呪いによって見る幻影。

それに「親父」と呼び掛けているのは、擬態の父親がそこにいるからなのか。

文華にはケンシンが一人芝居を続けているようにしか見えない。

「ケンシンさん、あなたは何か呪いを封じる方法に気付いていたのではないのですか」

「あれは生まれてしまったらもう二度と消すことはできない。呪いから逃れる方法などないんだ。だがそれを知っていたから、君が嬉しそうに複数で観れば助かると言ってきた時にも信じていなかった」

「それなのにみんなで観ろって拡散させたんですか」

「そうだよ。えっ？　まさか一条君、あれを本当に私が善意から拡散させたんだと思っていたのか」

「……じゃあ、何故お祓いの時にビデオを観たんですか」

文華が訊ねると、ケンシンはげらげらと笑いだした。

「どうして観たと言える」

「だってモニターを観てたじゃないか」

まだ脇腹を押さえながら王司が言った。

「本当に馬鹿なのか。私がモニターの方を向いたときは、お前たちに背を向けたときだ。しっかり目を閉じていたよ」

「じゃあどうして」

「それは……」

ふと伏せたケンシンの眼の中に、靄《もや》のように狂気の色が広がっていく。黄色く濁ったそれは、邪《よこしま》な神に仕える常軌を逸した信者の瞳だ。

「見たくなったんだ」

薄笑いを浮かべてケンシンは言った。

「呪われた人間しか見ることのできない貞子をね。どうしても見たくなったんだ。魔が差したというやつだな。途中からはしっかりビデオ映像を観ていた」

喋りながらちらちらと階段の方を見ている。

「それはきっと……」

文華はケンシンを睨みつけた。

「長く実験を繰り返すうちに、いつの間にか貞子の呪いに蝕《むしば》まれていたんですよ。そして貞子の呪いを道具にしようとして、結局あなたは貞子に操られていた。貞子はあなたの手に負えるようなものじゃないんです」

ケンシンには何も聞こえていないようだった。その目はじっと階段の方を見据えている。

ふっ、とケンシンは鼻で笑った。

「因果応報と言いたいのか、親父」

ケンシンは法剣の柄《つか》を握り直した。

中段に構え、切っ先を階段の方へと向ける。

切っ先が指す方向はゆっくりと移動している。

すでにそれは階段を下りたのだろうか。

剣の動きが止まった。

それは床に下り、そこで立ち止まっているようだ。

「……なんで親父なんだ。これは貞子の呪いなんだろう。親父がいったい、何の関係がある。来るな。こっちに来るな」

ケンシンは、子供のように剣を左右に振って後退《あとずさ》った。

そして不意に気が付いたのだろう。

大日如来の真言を唱え始めた。

「阿毘羅吽欠蘇婆訶《あびらうんけんそわか》。阿毘羅吽欠蘇婆訶。阿毘羅吽欠蘇婆訶。阿毘羅吽欠蘇婆訶。阿毘羅吽欠蘇婆訶」

最初は上ずっていた真言も、徐々に低く響く重厚な声へと変わっていく。

ケンシンはもう後ろに下がってはいない。

その場で剣を振り、呪文《じゅもん》を唱え始めた。

「呪いの渦に巻き込まれし者よ。神をも見捨て行方のない魂よ。わが前に立ち塞《ふさ》がること許さぬ。古きしかばねを捨て、今こそ生まれたままの魂でここへ蘇《よみがえ》りたまえ。我はこれに報い、求め訴えたり」

剣に力がこもり、振れば風を切る音がした。そして最後に大きく息を吸うと剣を上段に構えた。

「天魔覆滅！」

言うと同時に剣を振り下ろす。

どうなったのか。貞子は消えたのか。

文華にも王司にも何も見えない。

結果がわからないのだ。

ふっ、とケンシンが息を漏らした。

「無駄か」

呟くと、再びケンシンはじりじりと後ろへ下がり始めた。

「こ、これが科学では解明できない呪いというものだ。ほらみろ、実在するんだよ、一条君……君の負けだ。世の中には科学で解明できない呪いというものが存在する」

汗びっしょりになりながら、さらに剣を振り回した。

「くそ、近づくな。なんで親父なんだ。親父、止めろ親父。そんな目で俺を見るな。俺を恨んでも仕方がないだろう。あんたがいつも言っていたように、あんたが馬鹿だったからあんなことになるんだ。すべてあんたの自己責任」

そこまで言うと、不意にケンシンは文華の方を見た。

「スマホ持ってるか」

「え……はい」

思わず返事をした。

「一条君、この様子を撮っておいてくれ。そしてそれを、ネットにアップしてくれ」

その迫力に、文華は言われるままにスマホを取り出しケンシンの撮影を始めた。

「今から私は貞子の呪いによって死ぬ。呪いは本当に存在するのだ。それを我が身をもって証明しよう。見ろ！　これが貞子の」

ぐっ、と息が詰まった。

自らの喉を掻《か》き毟《むし》る。

顔を歪《ゆが》め、それでも必死になって声を出していた。

「見ろ。俺の死を、お前たち、楽しめ！」

その場に尻餅《しりもち》をついた。

そのままの恰好《かっこう》で、ずるずると、おそらく貞子の待っているであろうところへ引きずられていく。

「……愛ちゃんと同じだ」

王司が呟いた。

確かに同じように見えた。首に何かが絡みつき、それが身体を引っ張っていく。

だが、パントマイムと同じで自らの力で引きずられているかのように動いている、というロイドの説明を聞いた後では、確かに不自然に見えた。

ずるずると前に進んだケンシンは、今度は腰を上げ中腰になり、腕を前に出した。

何かそこにあるものを摑《つか》んででもいるようだ。

そしてその何かを飛び越えるように、勢いをつけて前転した。

途端、凄《すさ》まじい悲鳴を上げた。

聴いている者がおかしくなりそうな、絶望と恐怖の悲鳴だった。

そして前転した勢いのまま、バタンと仰向《あおむ》きで横たわった。

飛び出さんばかりに目を剝《む》いて、口を限界まで開いている。そこから這《は》い出ようとしたように舌が垂れ下がっていた。

あまりにも恐ろしい表情に、王司は目を背けた。

が、文華は、それが何かの罰であるかのようにケンシンから目が離せなかった。

無理やり引きはがすようにして視線を逸《そ》らす。

腕時計を見た。

「前田さんを祈禱《きとう》した時からなら、ちょうど二十四時間……」

文華は首を傾げる。

「ケンシンは『やはり複数で観るというのは有効ではなかったのか』と言ったよね」

「そうだったっけ」

「間違いないわ。なのに私たちは生き延び、彼は死んだ。なんの差があるのか、ですよね」

文華と王司は無残な遺体となったケンシンを見下ろした。

「先生」

扉が開いて、瑞江が顔を出した。

「次のお客様のご予約の時間、で……」

倒れているケンシンを見つけた。

「……まさか、眠ってるんじゃ」

言いながら側に寄って、直立した姿勢のまま固まってしまった。その凄まじい死に顔を見たのだ。

「あ、マネージャーさん。先生は、先生は……」

王司が慌てて説明しようとしている途中で、瑞江は甲高い悲鳴を上げた。

「救急車を呼んでください」

文華は静かにそう言った。

はっと気づいたように、瑞江はスマホを取り出した。マネージャーとしての役割を思い出したのだ。意外なほど落ち着いた声で救急隊員に説明している。

不審死であると判断したのだろう。

すぐに救急車とパトカーがやってきた。

3

ようやく二人が警察署から出てきた時には、すっかり日が暮れていた。事情聴取のため、二人とも今まで警察署にいたのだ。どちらも嘘をつくことなく、見たこと聞いたことをありのまま伝えた。誰にも信じてもらえなかった。が、最近続いている不審死の一つであり、少なくとも事件ではない、と警察では判断したようだ。最終的に二人は拘束されることなく警察署を出ることになった。

文華はずっとスマホで話している。相手は双葉だ。

「わかった？　とにかく貞子らしきものからは逃げること。時間までは逃げてさえいれば問題ないから。双葉はわかってると思うけど、奴は擬態するの。知った顔の知った人に。でも服装はみんな薄汚れた白い服。わかるでしょ。知人でも恰好で判断して逃げて。わかったわね。そうしたら今言ったことをお母さんにも伝えて。新しいことがわかったらまたこっちから連絡する。そっちも問題が起こったらすぐに連絡ちょうだい。あっ、悪いけどタクシーを呼んでもらえませんか」

最後の台詞《せりふ》は、ずっとぶつぶつ警察への文句を呟《つぶや》いている王司に向けて言った。了解、と王司は配車アプリを操作し始めた。

「いざとなったら車で家を出て。行先はどこでもいいからとにかく逃げるの。今まで知っている限り、貞子は人の走る速さを超えることはなかったから。じゃあね。あと少し、頑張って」

電話を終えると、どうなった？　と王司に訊《たず》ねた。

「駅前の国道で待っててくれって。十五分から二十分で到着しますって」

「わかった。じゃあ歩きながら話しましょう。警察でずいぶん時間をとられました。もう残り時間が少ない」

「ほんとだよ、あいつら。俺たちのこと犯人扱いしやがって、ぐちぐちぐちぐちいつまでも。だから警察は嫌いなんだ」

愚痴をこぼしながら横を見ると、話をしようと言っていた文華は、またスマホを見ていた。

「何見てるの？」

「ケンシンのことを。ほら」

文華はスマホの画面を見せた。

「もうネットニュースになってます」

画面には『スピリチュアルカウンセラー・ケンシン、急死。45歳』の見出しがあり、ケンシンのプロモーション用の写真がでかでかと載っていた。

その時、いきなり大きなサイレンの音を鳴らし、パトカーが二人の横を通った。

ぎゃっと悲鳴を上げ、王司は文華の腕にしがみつこうとした。そして例の如くあっさり振り払われた。

雑な扱いにも全くへこたれず、王司は言った。

「あー、ビックリした。だから警察は嫌いなんだ！」

「何か、警察とあったんですか」

「よく職質されるんだ。ひどい時には一日三回」

「全裸で歩き回ってるんじゃないですか」

「いったい俺をどんな人間だと思ってるんだよ」

「全裸で歩き回るような人間」

「それはないでしょ。こんなに爽《さわ》やかなイケメンをつかまえて。まあ、そういうのも好意の裏返しかな。素直になりなよ、ベイビーちゃ……聞いてる？　ねえ聞いてる？」

文華はスマホでSNSをチェックしていた。ケンシンの死亡が瞬く間に拡散していく。

――ケンシンはビデオデッキ持ってたんだ。

――横から失礼します。ビデオデッキって何ですか。

――確か実家にビデオデッキまだあったと思うんだよね。あったらちょっと見たい気もする。

――ビデオデッキレンタルします。DMで連絡ください。

――ケンシンが呪いのビデオ観て死んだってマジ?何かこうしたら助かるとか言ってなかった?

――スピリチュアルカウンセラーがやられるとかやばくない?怖いんですけど。

――ケンシン関連の投稿見てたらご飯炊くの忘れてたわ。すまん息子。もう少し待て。

――それは虐待なのではないでしょうか。

――通報!

――イカサマ霊能者だと自ら証明するスタイル草。

「あれっ、莉奈《りな》。ハイ、莉奈!」

「どうしたんですか」

王司が女の子にちょっかいでも出しているのかと、王司の視線の先を見る。

誰もいない。

人影と間違えるようなものもない。

「どうしたのさ」

王司はふらふらと歩いていく。

何もない夜の公園へと向かって。

「莉奈……なんでここに。どうして俺のいるところがわかったの？　会いに来てくれてうれしいよ、莉奈」

文華は王司の腕を摑《つか》んだ。

「何してるんですか」

「ああ、紹介するよ。別れた彼女が――」

王司の指差す先にはやはり誰もいない。

「どこですか」

「あそこだよ。ほら、公園の樹の下……もしかして、見えない？」

文華は頷《うなず》いた。

なんとなく気配を感じて文華は振り向いた。

「お母さん……」

そこには白いワンピース姿の智恵子が立っていた。

だがその動きはぎこちない。

ワンピースも汚れて見える。

「お母さんがいるんですけど、見えますか」

王司は振り返り、文華の指差す先を見た。

「いない……ということは」

「二人とも貞子の擬態を見てるんですよ」

王司が唾《つば》を飲み込む音が大きくごくり、と聞こえた。

「やっぱり呪いは継続している……」

文華が一人呟《つぶや》いた。

「あの莉奈は貞子ってこと？　つまり俺たちの呪いも解けちゃいないんだよ。ああ……もう誰も助からないんだ」

「お札！」

文華が叫んだ。

「お札を出して」

「あああああ、そうだそうだ」

王司はポケットに手を突っ込んで紙の束を取り出した。

「半分ください」

王司は震える手で呪符《じゅふ》を適当に渡した。

「いいですか。少しは足止めできると思います。ケンシンも祈禱《きとう》している間は襲われなかった」

文華は一枚手にして、それを智恵子の姿をしたそれへと向けた。

いずれにしても歩みは遅い。

その遅い歩みが止まった。

「いけます。このまま駅前まで走りますよ」

「ラジャ」

王司も呪符を手にした。

「いち、にの、さん！　ダッシュ！」

文華の掛け声とともに二人は走り出した。

王司は顔の前に、裁判所から走り出てマスコミに勝訴を知らせる人のように呪符を掲げて走っている。

文華は後ろを見た。

白いワンピースの智恵子がよろよろと付いてきている。

風が前から吹いているのを確認して、文華は持っている呪符をすべて後ろへ投げた。

風に乗って呪符は背後へと飛ばされていく。

それが功を奏したのか、二人は貞子に捕らえられる前に逃げ延びたようだ。

公園を抜け、駅前の大通りに出る。

追ってくる白い影はない。

二人とも腰を折り膝《ひざ》に手をついて、はあはあと荒く息をした。

「どうやら、引き離したようですね」

「文華ちゃんの言う通り、お札が効いたみたい」

「さっきは見逃しましたが」

文華は、その場に座り込んでしまった王司を見て言った。

「私を名前で呼ばないでください。そしてもちろん、ちゃんは付けないでください」

「……やっぱり。でもっていうかなんていうか、その……俺のこと助けてくれて、一条さんは俺にとってマジで白馬の王子様みたいで」

「王子様？　えっ……」

文華は自らを指差した。

王司は大きく頷いた。

「実際何度も俺助けられて、よく考えたら二人の出会いも、一条さんに俺、命を助けられるところから始まったんだよね」

「ちょっと待ってください。自分で何を言ってるかわかります？」

「わかってますよ。助けられて、俺、お姫様の気分だったし……」

「あなたは自称王子様なんでしょ」

「それは言いっこなし。出会いからずっと、一条さんは俺の危機に現れて救ってくれた。で、なんか……運命が見えちゃったっていうか……このまま赤の他人に戻りたくなくて」

王司は文華の手を握ろうと腕を伸ばした。文華は蛇に襲われたかのように素早く手を引っ込めた。

「えっ……なんですか。なんでこのタイミングで口説くんですか。今貞子の呪いから逃げている最中なんですよ。TPOを考えてください、TPOを」

「えっ、TPOって保護者・先生・組織の略」

「それはPTA。なんでそんなとこは詳しいんですか」

「あれ、確かさっき『なんでこのタイミングで口説くんですか』って言ったよね。それってつまり、このタイミングじゃなかったら口説いてもいいって――」

「ことじゃありません。まったく間違ってます」

「……チャラいんだよ、俺。惚《ほ》れっぽくて」

叱られた犬の目で王司は文華を見た。見ていられなくて、文華は目を伏せた。

「後先考えずにこんなタトゥー入れちゃうような人間だから」

王司は左腕の袖《そで》をまくり上げた。二の腕に、ハートマークで飾られた『RINA』の文字のタトゥーが入っていた。

「こんなもの入れたら二度と消せないことはわかってたんだけど」

「あっ、タクシーが来たみたい」

言いながら文華は路肩に停まったタクシーに駆け寄った。

大きな溜息《ためいき》を一つついて、王司はその後を追った。

乗り込んですぐ文華は言った。

「南箱根の天琉神社まで」

「……天琉神社。どうして」

「何もかもが始まった場所です。ケンシンの父親が貞子のビデオを祈禱し、それを焼いたのがそこ。それをケンシンが見ていた。これは勘ですが、ケンシンが呪いの実験をするなら、そこが相応《ふさわ》しいんじゃないかって思ったから」

「なるほど。説得力ある。えっ、今度はどこに連絡を」

文華はまた家に電話していた。

「あっ、双葉。どうしてる。うん、うん。無事でよかった。でね、今から言うところに今すぐ向かって。言うよ。南箱根のてんりゅうじんじゃ。マップで検索したらすぐに出てくるから。私も今そこに向かってる。どうしたらいいかわかったわけじゃない。これはただの直感。科学的じゃないけどね。それでも私を信じて今すぐにそこに行って。お願い。……ありがとう、じゃあ、お母さんのことよろしくね」

電話を切って、王司に言う。

「SNSに貞子の呪い動画がアップされていないか検索してもらえますか」

「ガッテンショウチノスケ」

王司がおかしなアクセントで答えた。

文華は続けてメッセージアプリで感電ロイドにメッセージを送った。

——連絡ありがとう。今から天琉神社に向かいます。すべての回答がここにあることを祈って。

「一条さん、あったよ」

珍しく暗い声で王司はスマホの画面を見せた。

『呪いのビデオワクチン共有しまーす！』の投稿文に、呪いのビデオの動画が添付されていた。投稿文には『一時間前』『シェア5821』の文字。

「誰だか知らないけど、この調子で後は拡散していく一方だよ」

「ケンシンの死の報道がどれほどの抑止力になるかです……。ケンシンの死の瞬間の動画、アップすべきかも。ちょっとモザイクを入れないとだめだけど」

「意外だなあ。俺もそうしたらいいと一瞬思ったんだけど、一条さんは反対するだろうなって。死を娯楽にするなって」

「私はそれが抑止力になればって期待してます。それからもう一つ、呪い殺される寸前、彼が『俺の死を、お前たち、楽しめ！』って言ったこと覚えてます？　歪《ゆが》んだ望みだけど、ネットにアップするのがもし抑止になるなら、彼への供養にもなるんじゃないかと、ちょっと思って」

「一条さんもそんなことを思うんだ。死ねばそれで終わりだって思ってるかと」

「基本は死んだら終わりだと思ってます。でも人の死生観に文句はないです。あの人がそう思っていたならそうしてやろうと思っただけ。そんなことより、少しでも貞子の映像が拡散するのを止めることができたらと思って。前田さん、編集できますよね」

「もちろん。機材がないからこのスマホの中のアプリでできる程度だけど」

「それで十分だと思います。じゃあ、今そっちのスマホに映像送ります。あまり残酷なシーンにはモザイクを掛けて、時間もぎりぎりまで短縮してください」

「了解」

「じゃあ、送ります。よろしく。けど、こうやってSNSにアップされた以上、一日で世界中に拡散されるでしょうね。ネットに流出した情報は二度と消せなくなる。そう、前田さんのタトゥーみたいに。こういうのをデジタルタトゥーって言うんですよね」

王司は送られてきた映像を早速加工し始めていた。多分もう文華の言葉を聞いていないだろう。それを知りつつ、文華は話を続ける。

「あの映像が爆発的に再生数を伸ばせば……人類は絶滅する。ケンシンはその人類滅亡劇も祭りとして楽しめ、そう思って呪いのウイルスをどんどん進化させていったんでしょうね。ただ私は思うんですけど、それはケンシンの意思ではなく、貞子の呪いがそうさせたんじゃないかな。増殖して呪いを拡散する、という貞子の想いの残滓《ざんし》が、それをケンシンにやらせた。ハリガネムシがカマキリを操作して、水の近くで死ぬようにしむける、とか、そういった寄生生物が宿主をコントロールするように、ケンシンを使って自らを進化させたんじゃないかって、そんなことを思ってます。これ、結構正しいんじゃないかなあ」

「はい、完成。今からSNSにアップします。3、2、1、ゼロ！　アップ完了」

「これでもう引き返せませんね」

「上手《うま》くいけばいいんだけど」

それから少し、沈黙が続いた。

「確か、こういうのを天使が通ったって言うんだよね」

王司が自慢げに言った。実際は沈黙に耐えられなかったのだろう。

「ありがとう」

文華が言った。

「えっ、何が」

「サロンで、ケンシンから守ってくれて。嬉《うれ》しかったです」

「えっ、いやあ、それはほら」

珍しく王司が照れていた。

「ここはいつもの名言を言うところじゃないんですか」

「そう、それ。ええと……この世の中には、自分の命よりも大事なものがあるのさ」

そう言うと鼻の下をこすって、言った。

「それは愛だよ」

思い切りのキメ顔で文華を見たら、すっかり眠っていた。ほとんど寝ないで貞子の呪いのことを調べていたのだ。

ちいさな寝息を聞いて、王司は満足そうに笑みを浮かべた。

## 4

「タクシー代、あとで生きてたらちゃんと払うから」

タクシーから降りた王司は、支払いを済ませている文華に言った。

降りてきた文華は、王司を睨《にら》みつけて言った。

「絶対に生きて返してください」

石段を上がり鳥居の前に行くと、立入禁止の看板があった。

「あ、立入禁止って書いてあるよ。いーの？　入っていーの？」

怯《おび》える王司を無視して、文華は鳥居をくぐった。

それに続きながら王司は言う。

「入っちゃって祟《たた》られない？」

「もう呪われてます」

「ごもっともです」

かつては砂利が敷き詰められていたであろう境内は、雑草が伸び放題になっている。

手水舎《ちょうずや》は水が涸《か》れ、朽ちかけた柄杓《ひしゃく》が立てかけてある。

参道の石畳は風化し、ひび割れ、砕けている。

神社に人影はない。

廃墟《はいきょ》だ。

「使われなくなって二十年近く経ってるはずですから」

雑草を踏みしめ歩きながら、文華は言った。

「何があったんだ……？」

「当時の新聞記事には、この辺り一帯の住人が次々に急死して、ゴーストタウンになったとありました」

「……次々に急死って、まさか、呪いのビデオで」

「あくまで可能性の話ですけど」

「あ～もうそれ以上聞きたくない」

王司は耳を押さえて震えている。

目の前にぼろぼろの拝殿があった。

その向こうに拝むべき何かがあるとは思えない。

「入りましょう」

賽銭《さいせん》箱を越え、拝殿の中へと文華は入っていった。

「俺も入りますよー。いいですかー。いいですねー。失礼しまーす。あれ、土足？　いいのー？　ねえ、いいの、靴？」

ぶつぶつと一人で喋《しゃべ》りながら、それでも文華の後を追う。

「手分けして探しましょう」

「何を」

「何かわかりませんよ。何かの手がかりです。そっちの祭壇の方を見てください」

言われて恐る恐る王司は祭壇へと向かった。
二、三歩歩いて何者かの気配を感じた。
すぐ後ろだ。

思い切って振り向く。

「わあああ、でたあああぁぁ」

そこに白いコートに白いスラックス、白手袋の人間が立っていた。黒く長い髪にゴーグル、さらには黒いガスマスクまでつけている。

王司は尻餅《しりもち》をついて、そのままの姿勢で後退《あとずさ》る。

「来るな、来るな」

「僕だよ、前田兄さん」

聞き覚えのある声だった。

「へ？」

その時、王司の悲鳴を聞きつけて文華がやってきた。

「もしかして、感電さん？」

「どうもー。ちなみにこれウィッグね」

ロイドは長い黒髪を指差した。

「ほら、身バレNGなんで」

「なんだよ、チャトランかよ」

王司がふらふらと立ち上がった。

「チャトランやめろ」

ロイドの抗議は無視して、王司は手を差し出した。

「来てくれて嬉しいよ」

「消毒して」

「えっ？」

ロイドは差し出された王司の手に、携帯用の消毒スプレーで、びしょびしょになるほど消毒液を掛けた。

「消毒お願いします」

「あっ、はい」

王司が媚《こ》びるように揉《も》み手した。

「家から出て大丈夫なんですか？」

文華が訊《たず》ねた。

「家にいても退屈だし。……部屋から一歩踏み出してみた」

ゴーグルから覗《のぞ》く目が笑っていた。

文華も微笑む。

「それで良かったんだと思います」

「もういい？」

王司は再び手を出した。

ロイドは握手をしながら言った。

「そんなことより、やばいことになったね。ネットに上がっちゃった動画。もう二度と消せないよ」

「早くワクチンのようなものを探し出して拡散しないと」

「ここに到着して一通り見て回ったけど、残されていたのは……」

ロイドは手招きした。

祭壇脇のスペースには二十年前のモニターや数台のＶＨＳデッキ、ＰＣ端末などが放置されていた。

「ここで呪いのビデオをコピーしてたんだ」

文華が言った。

「単にコピーだけじゃないね」

ロイドはパソコンの電源を入れた。

「電気をとれなかったらどうしようかと思ったんだけど、ブレーカーを落としていただけで電気はつながっている」

モニターをつける。

モニターにシンプルなデスクトップ画面が映し出された。

「PCには動画編集ソフトが、それも本格的なものが入っている。で、VHSからデータ化してダビングした動画や音声を何種類ものにエンコードして、速度を変えたりファイル形式を変えたり、画像にエフェクトを掛けて明るさや色彩を調節したファイルがいくつも保存されている。こんな感じ」

保存のためのフォルダを開くと、中にナンバリングされた映像ファイルが百ちょっと残されていた。

「ケンシンは進化し現代に即した貞子の呪いをつくるつもりだった。その呪いを世界中に拡散させるために。で、それは成功したんだ」

「まだです」

文華が言った。

「まだケンシンの実験が成功したとは言えない。もし仮に成功していたとしても、彼の思い通りの未来にはさせない」

毅然《きぜん》とした態度だった。

王司は、野球少年が憧《あこが》れのスタープレーヤーに出会ったような顔で文華を見ていた。

その時、文華のスマホに着信が入った。

双葉からだった。

何かあったのか！

慌ててスマホを手に取る。

「どうしたの、双葉」

――今のところ無事。お母さんがあと十分ほどで到着するから言っといてって。間に合うよね。

「間に合うけど、急いでね。近くまで来たら迎えに行くからまた教えて」

――わかった。後でね。

文華は通話を切った。

＊

「文華はなんて言ってた」

コンパクトカーを運転しながら智恵子は言った。

「近くまで来たら迎えに来てくれるんだって」

「ほんとにあの子は心配性なんだから。私たち二人いればなんとかなるわよ。ねっ？」

「………………」

「どうして返事がないの」

「やっぱりお姉ちゃんが頼りになるから」

「うちでは二番手の私がついてるじゃない」

「三人家族の二番手だよ。下にはあたししかいないじゃん」

「なにがどうあれ、お船に乗ったつもりでいなさい」

「大船でしょ」

「そうだったっけ」

「お船に乗っただけじゃあ、ちっとも安心できないよ」

「そうよね。双葉酔いやすいし。ほら、家族旅行でマザー牧場に行ったとき、すぐに酔っちゃって、お父さんが心配して心配して、車酔いだからそんなに心配する必要ないって言ってるのに」

「お母さん、運転に集中して」

「わかってるわよ。法定速度は守ってますよ」

「でも、もうちょっと急いだほうが」

「ダメダメ。それで事故に遭ったら——」

あっ！　と声を上げ、智恵子は踏み抜く勢いでブレーキを踏んだ。

双葉は前に飛び出しそうになった。

シートベルトを締めていなかったら、フロントガラスに頭をぶつけていただろう。

「お母さん！　何をしてるの」

「だって、ほら、お父さんが」

智恵子は後ろを指差すのだが、双葉には何も見えない。

「お母さん、それはお父さんじゃない。貞子だよ。あたしに祥子が見えたみたいに……

わっ、祥子だ。祥子も来た。お母さん、早く出して。貞子が追いついてきたのよ」

「だって、そこにお父さんが」

「ダメダメ、早く出てぇええええ！」

双葉が絶叫した。

しぶしぶという感じで智恵子はようやく車を走らせた。

「せっかくお父さんに会えたのに」

「だ・か・ら、あれはお父さんじゃないの。そんなこと言ってないでもっと急いでよ」

「いくら貞子さんでも、車のスピードにはついてこれないでしょう」

「そうだとは思うけど、急いで」

「ん？」

「今度は何」

智恵子はバックミラーを見ていた。

「双葉、後ろ見てみて」

「なに」

振り返るが何もない。

「何も見えないよ」

「お父さんが後ろにしがみ付いてるんだけど」

「騙《だま》されちゃダメ。それは絶対お父さんじゃないんだから」

「だってお父さんが——」

「だから前向いて運転してよ。お母さん、危ない！」

信号で停まった前の車にぶつかりそうになって、慌ててブレーキを踏んだ。

「危ないよ、お母さん……」

とっ、とっ、と指先で叩《たた》いているような音が双葉には聞こえた。聞いたことのある音だ。何の音だったか……。

「ああ、大粒の雨音」

言った途端に、ぐしゃっ、と濡《ぬ》れ雑巾《ぞうきん》を投げつけたような音が頭の上からした。

何かが落ちてきたのか。

ずるっ、とそれはいきなりフロントガラスに這《は》い出てきた。

「しょっ、祥子！」

祥子がフロントガラスにへばりついてバタバタしている。

「お母さーん、祥子が前にくっついてる。早く早く」

「わかったから、ちょっと待ってよ。あれ、双葉、雨かなあ。天井から水が漏れてるんだけど」

「それは貞子が近くに移動してきた証拠だよ。早く早く早く」

「はいはい」

急いで走り出したが、どうしても後ろが気になる。

ついついバックミラーを見る。

「あら、お父さんが後ろの座席に乗ってるわ」

「逃げて！」

双葉が絶叫した。

「追いつかれてるううう」

怯《おび》える双葉に押されたように、智恵子はアクセルを踏み込んだ。

同時に身体を斜めにして後ろを見た。

「お父さん、お父さんよね」

知らずハンドルを右に切っていた。

対向車線に出そうになってようやく気が付く。

慌ててハンドルを逆に切った。

左側は土手だ。

ガードレールはなく、縁石があるだけだった。

車体が大きくバウンドした。

路肩の縁石に乗り上げたのだ。

必死でブレーキを踏んだがもう遅い。

土手をずるずると滑り落ちていく。

鼻先から土手の藪《やぶ》へと突っ込み、バリバリと低木の枝葉を嚙《か》み砕くようにへし折ってようやく停止した。

「車が動かない」

ご飯炊くの忘れてた、程度に悲しそうな顔で智恵子は言った。

「逃げなきゃ」

双葉は苦心してシートベルトを外しながら言った。

「えっ、お父さんの車、ここに置いていくの？　そんなの嫌ですよね、お父さん」

「だからそれはお父さんじゃ――もう、行くよ！」

智恵子のシートベルトをもぎ取るように外し、運転席側の扉を開いた。

「さあ、出て。ここから走るから」

「でも双葉」

「後で何でも聞くから、今は言うこと聞いて」

ぐいぐいと智恵子を押した。

「わかった。わかりました。出ますよ。お父さん、ごめんね」

智恵子を追い出し、続いて自分も出る。

「ここから道はまっすぐなんでしょ、お母さん」

「そうよ」

まだちらちらと後ろを見ている。

双葉も振り返って見たら、祥子がよたよたと歩いてくる。

「お母さん、急ぐよ。走れる？」

「高校陸上県大会千メートル十二位の実力を見せてあげるわ」

「それ速いの？」

「遅い子よりは速い」

「当然でしょ」

言いながらスマホを出した。

「お姉ちゃん、お姉ちゃん、早く出て」

＊

「前田さん」

文華は王司に声を掛けた。

「えっ、なになに」

それだけで嬉《うれ》しそうだ。

「まだ呪符《じゅふ》の残り、ありましたよね」

王司はポケットから一束のお札を出した。

「また半分分けてもらえますか」

「何するの」

「近くに妹たちが来てるんです。今度連絡があったら迎えに行こうと思って」

「いいよ。効果がどれだけあるかわからないけど。っちゅうか、これが何の呪符かもわかってないんだよね」

「道教のものだと思いますけど、そんなことどうでもいいんですよ。呪符である、ということが重要なんだと思います。なんであれ、わずかな時間足止めできたらいいんですよ。もともと素早くはなさそうだし、ちょっとの時間動きを止められたら逃げ切れるはず。そう思って持っているだけで心が落ち着くでしょ。お守りって本来そういうものでしょう」

文華は受け取ったお札を二つ折りにしてポケットに突っ込んだ。

「二人とも大丈夫？　双葉ちゃんと智恵子ちゃん」

「母のことまでちゃん付けで呼ばないでください。あと十分ほどで来るみたいです」

「良かった……」

「え？」

「みんなで、みんなで笑顔でうちに帰ろう」

真剣に文華を見つめる目が潤んでいる。

「さっきまであんなに怖がってたのに、どうしたんです王司」

「今でも怖いよ。でも嬉しい」

「嬉しい？　何がですか」

「今初めて名前で呼んでくれた」

「えっ、そうでしたっけ」

「そうだよ。今までずっと前田さんだったのに。ありがとう。これで怖いけど怖くない。俺も前に一歩踏み出します」

「あの……まだ何も解決してないんですけど」

「文華ちゃん、ずっとそばにいる人を失うのが怖いって言ってたよね」

「言ってました。で、私はちゃん付けも名前呼びも止めてくれって言ってましたよね」

「それはまだ駄目なんだ」

「まだとかそういう問題じゃないです。で、話の続きは」

「そばにいる人を失うのが怖いって言ってましたよね」

「そこから？」

「そこからです。でね、失うのが怖いのは、それだけ大切に想う人がいるってことでしょ。それって」

鼻の下を人差し指でしゅっと擦《こす》った。

そして思い切りのキメ顔で言う。

「幸せなことだと思う」

「あ、うん……ありがとう」

「やたっ！」

王司はガッツポーズをとった。

「二度目のありがとういただきました」

その時激しくロイドが咳《せ》き込んだ。

「大丈夫ですか」

文華はロイドの背中をさすった。

ロイドは横に置いたボディバッグから水筒とピルケースを取り出した。

「大丈夫、ここ埃《ほこり》が多いから。心配するようなものじゃないです。いつもの生活から一歩踏み出すと生活のリズムが狂っちゃって、一日三回食後に飲む薬があるんですけど、すっかり忘れてた」

「なんの病気なの」

訊《き》いたのは王司だ。

こういう無神経な質問ができるのも、それがだいたい許されるのも、王司ならではだ。

「気管支。子供の時からずっと悪いんだけど、薬を飲んでると咳《せき》とかは抑えることができるんだ。だから一日三回……」

ロイドが言葉半ばでじっと考え始めた。

「チャトラン、大丈夫？」

不安になった王司が訊《たず》ねた。

それには答えず、文華に向かって言った。

「一条さん、一緒に考えて。何か出そうで出ない。ええと、人に限らず生き物は毎日同じことを繰り返す。僕の薬もそうだし、食事し排泄《はいせつ》し眠る、なんてのもそう。生き物は知らずに時間に縛られている」

「生活リズムって大事だよな。俺も朝一杯の水を忘れると便秘しちゃうから」

「生物時計っていう仕組みですよね」

文華が言う。

「生き物は時間を生理的に知るようにできています。細胞自体が二十四時間周期で生きるようにできているんです。いわゆる概日《がいじつ》リズムですね。それは細胞内のタンパク質が約二十四時間周期で増減することで時計の役割を果たしているから。生物時計があるからこそ生物は『時間的住み分け』や『行動の時間配分』が可能になるわけで……二十四時間！」

自分で喋《しゃべ》りながら、文華は突然思いついて叫んだ。

すぐにその意を汲《く》んで、ロイドが言った。

「そう、貞子の呪いは映像を観たら二十四時間後に死ぬ。これもきっと体内時計を使った時限装置。このことは解決へと結びつかないかな」

文華は目を閉じ、頸動脈《けいどうみゃく》を親指で揉《も》んだ。

この儀式めいた動きを、ロイドも王司もじっと見つめていた。

ゆっくりと目を開くと、文華は言った。

「……一日周期《サーカディアンクロック》を測る生物時計は動物から単細胞生物に至るまで、ほぼすべての生物に備わっています。二十四時間は生物にとって最小の時間の単位……このリズムが乱されると身体には不都合が生じる。貞子の呪いはこの生物時計に強引に食い込み、そして……睡眠や食事や、そんなものと一緒に人の生活に溶け込むのだとしたら、つまり一度呪われれば、それは体内時計に組み込まれ、このリズムが乱されると身体に不都合が――死んでしまう。ということは呪いを解くためには」

「リズムを元に戻す！」

ロイドが、彼にしたら有り得ないほどの大きな声を上げた。

「そうですよ。そうだそうだ。間違いない。私や王司が死んでいないのに、同じタイミングで観たはずのケンシンが死んだ。何が違ったか。私たちは二十四時間経過する前に再び映像を観た」

「呪われた、ということが生活の一部に組み込まれたわけだ。映像を観ればリズムはリセットされ元通りになる」

「つまり、二十四時間に一回呪われた映像を観ればいい」

文華が言った。

「えっ、そうなの？」

王司の問いに、文華はうん、と頷《うなず》いた。

「私たちはウイルスの感染を恐れて逃げようとばかりしてたけど、逆だったんだよ。毎日睡眠や食事をとったり、ロイドさんが一日三回薬を飲むように、ウイルスを摂取して日々呪いを更新していったら」

「それって貞子ウイルスにずっと感染し続けるってこと?」

ロイドの問いに、文華は「そう。死ぬまで」と答えた。

「で、僕たちは今どうすれば」

ロイドの問いに、文華は即答した。

「双葉たちにビデオを見せないと。できるだけ早く。一分一秒を争います。もちろん私たちも。それからただ一人呪いに感染していないロイドさんは、みんなが幻覚に惑わされても、最後までビデオを観るように仕向けて下さい」

「じゃあ表まで持って行こう。そこで待ち構えておこう。モニターとデッキを運んで、電源も引っ張らないと」

「あの時愛ちゃんにも見せてたら死なずに済んだってこと?」

ぼそりと呟《つぶや》き、王司は頭を抱えた。

その間にもロイドは電気コードをドラムで巻き取った延長コード、いわゆるコードリールを奥から出してきた。長い間キーを叩《たた》くぐらいにしか使っていない腕に、五キログラムを超えるコードリールは応《こた》える。

いったん床に置いて一息ついて、しゃがみ込んでぶつぶつ言っている王司を見た。

「前田兄さん、何やってんの。反省は後でもできるでしょ。モニターを外に持っていってください。表に賽銭箱《さいせん》があったよね。あれに板を敷いて置きましょう。一条さん、悪いけどビデオデッキのコードからプラグが外れかけてるんですよ。コードとプラグをくっつけるの、できますか」

「できますよ。お父さんが修理するのをよく見ていたから」

「じゃあ、奥にドライバーもカッターも置いてありますから、やってもらえますか」

「わかりました」

早速祭壇の前に行くと、ビデオのコードからプラグを切り離した。コードのビニールをカッターナイフで削って、中の銅線を剝《む》き出しにする。それをプラグに接続してネジで留める。記憶の画像を参考に、初めてとは思えない手早さでプラグをコードに接続した。

一息つく間もなく着信音が聞こえた。

双葉からだ。

——あっ、お姉ちゃん。すぐ近くまで来たんだけども。

「来たんだけど、何」

——そこで車が動けなくなっちゃって、あの、大したことないし、あたしもお母さんも怪我してないんだけど、とにかくすぐ後ろから貞子があたしの分とお母さんの分追ってきてるの。

「えっ、二人とも見えるの？」

——違う違う。お母さんの分は見えないんだけど、お父さんになってるみたい。あたしは祥子が見える。

「息が切れてるけど、大丈夫？」

――何しろ喋りながら急いで歩いてるから。あっ、今看板があった。天琉神社すぐそこって書いてあった。

「わかった。今すぐこっちを出るから、そのまま神社に向かって来て。じゃあ後で」

早口で電話を終えると文華は立ち上がり、二度三度屈伸をして、言った。

「双葉とお母さんを迎えに行ってきます。それまでに、いつでもビデオを観られるようにしておいてください。必ず二人を連れて戻ります。だから」

文華は二人を順に見て、笑みを浮かべた。

「みんなで生きて明日《あした》を迎えましょう。じゃ、よろしく」

文華は神社前の石段を駆け下りて行った。

＊

文華は走っていた。

あまり運動は得意でなかった。体力があるとも言えない。だが今は必死だった。

昔、双葉が走るのが遅いから運動会に出たくないと言い出した時、走り方の本を図書館で調べ、そのまま教えたことがある。だがそれは短距離走の走り方だ。

ナビで調べた。記憶にある『天琉神社すぐそこ』の看板から神社まで、おおよそ六〇〇メートル。陸上で言う中距離が八〇〇メートルから。ギリギリ短距離だ。しかし復路まで入れたら中距離になる。全力疾走したら到着した時には戻るだけの体力が残っていない。となると助けにもならない。

どうする？　どうすればベストだ。

ここまで考えている間に、すでに全力疾走していた。気持ちに考えが追いつかない。

結局文華は後先考えず、全力で走っていた。

すぐに二人が見えてきた。

思った以上に時間は掛かっていないし、疲れてもいない。

「お姉ちゃん！」

「文華！」

双葉と智恵子が同時に叫んだ。

二人も必死なのだろうが、疲労も限界のようだ。

べた、べた、と足運びが重い。

本人たちは急いでいるつもりだろうが、足が動かない。

出会うと同時に双葉は言った。

「すぐ後ろから来てる！」

「急いで、神社へ行って。立ち止まらないで」

そう言うと文華はポケットから呪符《じゅふ》の束を取り出し、二人の後ろを睨《にら》んだ。

「文華は？」

智恵子が不安そうに尋ねる。

「すぐ追いつくから。どうせそんなに進めないでしょ。双葉、頼んだ」

「よしきた、ガッテンダ。行くよ、お母さん」

双葉は智恵子の手を引いて、歩かせる。

この速度ではすぐに追いつかれそうだ。

文華はパラパラと呪符を撒《ま》き散らしながら歩いた。あっという間にお札はなくなった。

文華にはそれにどれほどの効果があるのかがわからない。

すぐに二人を追う。

瞬く間に追いついた。

「さあ、急いで」

双葉が後ろを向いた。

「まだいるよ。お母さん、急ごう」

智恵子の足元はふらついている。

それで精一杯なのだろう。

文華と双葉に手を引かれ、よたよたしながらようやく石段の前までやってきた。

「ああ、お姉ちゃん。すぐ後ろまで迫ってる！」

後ろを振り返った双葉が言った。

「わかった。先に急いで」

そう言って文華はポケットを探る。

さっきお札を出した時、それがポケットに入っていることに気づいたのだ。

石段を前にして立ち止まった文華は後ろを振り返り、仁王立ちするとポケットからそれを取り出した。

カッターナイフだ。

カチカチと音をたてて刃を伸ばすと、自らの髪を一房摑《つか》む。

そしてざっくりと切り取った。

切り取った髪を、力士が塩でも撒くようにパッと振り撒いた。

闇の中に髪が散って溶けるように消えた。

それを見てから、文華も石段を駆け上る。

双葉が智恵子の尻《しり》を押して石段を上らせていた。

文華は前に回って智恵子の手を引く。

「お姉ちゃん、何をしたの」

「呪的逃走」

「なにそれ」

「お化けに追いかけられた時のおまじない。散らばった髪の数を数えるんじゃないかと思って」

双葉が後ろを振り返った。

薄暗いそこに目を凝らす。

「ほんとだ。這《は》いつくばって何か探してる」

呪的逃走で最も有名なのが『古事記』の、イザナキが怪物ヨモツシコメの足止めに髪飾りや櫛《くし》の歯を後ろに投げる話だ。髪飾りはブドウに、櫛はタケノコになり、ヨモツシコメがそれを食べている間にイザナキは逃げる。

数を数えるというのは、例えば豆を撒くと鬼はその数を数えるまで襲ってこないとか、軒先に籠《かご》や笊《ざる》を吊《つ》っておくと、妖怪が籠や笊の目を数えている間に夜が明ける、などという魔除《まよ》けが現在でも残っている。

実際それに効果があるかどうかはわからなかったが、多少の足止めはできたようだった。

「ああ、お父さんが這いつくばってる。お父さん、ごめんね」

「はいはい、そこまで。急いで急いで」

双葉がぐいぐいと尻を押し、文華に手を引かれ、智恵子はようやく石段を上り終えた。

「来たよ!」

文華はそう言うと、賽銭《さいせん》箱の周囲にいる王司に手を振った。

「急いで!」

王司が叫んだ。

すでに賽銭箱の上に大きなモニターが載せられ、地面にはビデオデッキが置かれてあった。

文華はちらりと腕時計を見た。

「大丈夫だよ。まだ五分はあるから」

「はい、こっちこっち」

王司が手招きした。

「ここでモニターを見てて。うわあ、こっちも来ました。文華ちゃん、文華ちゃん」

言いながら王司が後退《あとずさ》る。

「何を言ってるんですか」

モニターの前まで来た文華が訊《たず》ねる。

「あっちも文華ちゃん、こっちにも文華ちゃん、でもあっちも文華ちゃん」

「やっぱり私になってるんですね。そっちの相手はしないで、できるだけ貞子との間隔をあけてください」

双葉と智恵子もようやくモニター前にやってきた。

拝殿からロイドが出てきた。その手にビデオテープを持っている。

「闇サイトで購入した呪いのビデオ、こんなこともあろうかと思って持ってきててよかったよ。ただし、みんなが観たビデオと同じものかどうかはわからないけどね」

「急いで。ロイド様は呪われていないから冷静でいられるでしょうけど、俺たちは」

「ビデオを観る方が悪い」

言いながらも小走りでロイドが駆け寄ってきた。

「早速再生してください」

文華が言った。

「あっ、お父さんも来た」

「お母さん、だからそれはお父さんじゃないってば」

「双葉はそう言うけど……お父さんごめんね。もっと優しくしてあげれば良かった」

「近づいちゃダメ！」

双葉は智恵子の腕を掴んだ。

「本当のお父さんはちゃんと感謝してるってば……って、祥子も来てるよ！」

双葉が叫んだ。

「双葉……ここにいるよね」

そう言ったのは文華だ。

「待って、お姉ちゃん、もしかしたらあたしが見えてる？」

「うん。ロイドさん、早く再生して」

「それが、電源が入らないんだ。こういう時は落ち着いて」

「落ち着いてられないって」

王司の声が震えている。

「たいていはシンプルな失敗ですよ。プラグがコンセントから抜けてるとか」

少しも慌てずロイドが言った。

「あっ！」

「どうしたの、前田兄さん」

「さっき拝殿を出るときコードを引っ掛けたんだけど、もしかして」

「コンセント確認！」

文華とロイドが声を揃えた。

はいはいはいと返事を連呼しながら王司が拝殿に消えた。

「……あっ、電源が入った。前田兄さん、早く戻ってきて」

転がるように前のめりになって王司が戻ってきた。

ビデオデッキの前に座り込む。

同時にロイドはスイッチを押した。

モニターに明かりが灯《とも》る。

「再生！」

ロイドが言った。

王司がテープをデッキに押し込む。

すぐに『再生』の文字がモニターの端に浮かんだ。

白いノイズが青く暗い画面に走った。

「みんなしっかりモニターを見ててよ」

文華が言う。

モニターにはコケだらけの井戸の中が映し出されていた。

井戸に投げ込まれたという、貞子の視点だ。絶望と、それに勝る怒りの中で見た風景だ。

「やべ、観ちゃった」

言ったのはロイドだ。

「ロイドさん、説明したように、私たちが前に進もうとしたら止めてくださいね。幻の井戸へとダイビングして一回転したら終わりです。それまでになんとか」

文華の視界の端に、双葉の姿が見えた。汚れた白いワンピースを着ている。

「いよいよ来ました」と文華。

「来てます。来てます」は王司。

「お父さん、お父さん」

「だからそれはお父さんじゃない。わあっ、祥子向こう行って、お願い」

画面の中には青白い手が映っている。その指には爪がない。爪が剝《は》がれた後の肉がミンチ状になって乾いている。

その手が石を摑《つか》み、ぐいと視線が上がっていく。

ずるずると汚らしい音をたてながら、井戸から何かが這い上がろうとしている。

みんながそれを観ていた。

そしてそれがそれぞれの貞子を見ていた。

「みんな、画面に集中してね」

言いながらも文華は視界に近づく双葉をちらちらと見ていた。

見るなというのが無理だ。

風が吹いてきた。

枯れ葉が吹き上げられ、宙を舞う。

かなりの強風だ。

だが……。

これは幻覚か。

文華は想う。

野々花の病室で、現実と区別のつかない幻覚を見た。あれが起こるなら、これが幻覚でもおかしくない。

双葉はぶるぶると頭を震わせ、そのたびに髪が伸びていく。伸びた髪が風にたなびく。

いや、たなびく、などという生易しいものではない。

黒い大蛇のような髪が、倍倍で増えていく。もはや双葉の姿も見えない。

うねり、ねじれ、絡まった髪は、漆黒の龍《りゅう》のようだ。それも一匹ではない。三匹五匹九匹と数を増し、本殿前の広場を包み込んでぐるぐると渦巻いている。

それは文華を囲いこむ黒の濁流だ。

髪は旋風のようにごうごうと音をたて空を目指す。見上げれば空までもが黒く塗りつぶされていた。

流れに残された岩場のように、正面にはモニター画面だけが見えていた。

そうだ。

これを見なければ。

「みんな前を見て！　モニターを見て！」

文華が叫んだ。

激しく咳《せ》き込む音がした。

「砂煙が」

ロイドが言い訳のようにそう言った。

文華の見る景色には砂煙などない。

間違いない。

これは幻覚だ。

それぞれにそれぞれの幻覚を見ているのだ。

「みんな、騙《だま》されちゃ駄目よ。今増殖した黒髪に包まれようとしているけど、それは幻覚。みんなが何を見ているかわからないけど、とにかくそれは現実じゃない。モニターに注目して！」

ごうごうと音をたてて風が吹く。
風に押され身体が倒れそうだ。
黒髪の旋風は徐々に螺旋《らせん》を縮めていく。
そのモニターの中では、とうとうその何者か——貞子が井戸から出ようとしていた。
そのモニターが黒髪に呑《の》まれた。
悲鳴が聞こえた。
双葉？　智恵子？
見えない周囲を見回す。
「モニターを見て！」
その声はロイドだ。
無理して大声を出したからか、また激しく咳き込む。
文華はモニターのあった方に目をやった。
えっ、と声を上げた。
景色が一変していた。
仄暗《ほのぐら》い森の中だ。
その中にぽっかりと開《ひら》いた空き地があった。円く、不自然に樹木の生えていない場所。
その中央にあるのが、ビデオで何度か見た石造りの古井戸だった。
風が吹いている。

周りを囲む樹々が大きく揺れる。

樹々が擦《こす》れ、恐ろし気な音が響く。

枯れ葉が、枯れ草が、群れる魚のように目の前で渦を巻いていた。

これは幻覚だ。

すべて幻だ。

頭の中でそう繰り返す。

にもかかわらず、強風に乱れる髪の感触や、腐葉土と立ち並ぶ樹木の匂いのリアルさに、これこそが現実なのだという思いを断ち切れない。

だから頭の中で繰り返す。

自分自身に言い聞かせるために。

これは幻だ幻だ幻だ。

立ち位置は変わっていない。だから今正面にある井戸の方向、そこにモニター画面があるはずだ。そこにあるモニター画面の中で、貞子が井戸から這《は》い出ている、はずなのだ。

それを信じて、井戸の方をじっと見つめる。

ぺたり、と井戸の縁に何かがへばりついた。

先が四つに分かれている。

青白い虫のようなそれが、岩肌を撫《な》でる。

指だ。

爪のない白くぶよぶよした、指。

それが井戸の縁を摑んだ。

そして一気に頭が現れた。

濡《ぬ》れた黒髪が、ばさりと井戸の外へ垂れ下がった。

腕が突き出る。

それを追い越すように生白い足が出てきた。

死んだ蜘蛛《くも》に似た、細長い四肢がでたらめに井戸から突き出て、長い長い黒髪が風とは無関係に不自然に揺れる。

それは井戸から転がり出てきた。

髪と黄ばんだ服と細い手足を丸めた汚物のようなそれは、ぐしゃりと地面に落ちると、ぎこちなく震えながら、ほどけていく。

それは今まで見たどの擬態する貞子よりも、何倍も忌まわしい、穢《けが》れた存在だった。

文華はそこから目を逸《そ》らせない。

きっと……。

文華は考える。今この時、双葉が、智恵子が、王司が、それぞれがそれぞれの貞子を見ているはずだ。

負けるな。

見えない周囲の仲間たちに警告しようとしたが、声が喉《のど》でつかえて出てこない。

声だけではない。息もまたつかえている。

必死に息を吸うと、ひゅうひゅうと隙間風のような音が漏れる。それだけだ。

井戸から這い出てきた異形は、四つん這いになって文華を睨んでいた。

それは異形《いぎょう》の鰐《わに》のように歪《ゆが》んだ四肢を動かし、身体を揺すり、文華の方へと這い寄る。

恐ろしかった。

恐怖に強張《こわば》った身体が、ピクリとも動けない。

それがぐっと頭をもたげた。

細かく頭が震える。

髪が揺れ、生き物のように蠢《うごめ》く。

強風に紛れて、途切れ途切れに王司の声が聞こえた。

「……これ、幻覚なんだよな」

ありがたかった。一人で戦っているわけじゃないのだ。

「はい」

文華はようやく返事をした。その声が震えているのが自分でもわかる。

「ウィルスに感染して、あるはずのないもんが見えてるだけなんだろ」

「そうです……ですがその存在を信じることで、呪いは成立してしまいます」

「成立すんの？」

「信じればね。つまり信じなければいい。信念を持って思うんですよ。こんなものあるわけがないって」

「そんなこと思えるの？　これを前にしてだよ」

「思えません！」

悲鳴のように文華はそう叫んだ。

伸びた髪が鞭《むち》のように文華の首に巻き付いた。

文華には見えないが、それぞれの貞子がその髪で首を絞めてきているはずだ。

「ロイドさん」

喉を絞められながら、文華は言う。

「みんなが井戸まで進むのを止めて」

「でもこれ、どうなってるの」

ロイドだけは見ている光景が違うはずだ。

彼は今呪いに接したばかりだからだ。ロイドの呪いは二十四時間後に彼を襲う。だからおそらく今彼が見ているのは、廃神社の前の広場で首に手を当て悶《もだ》えている四人の人間だろう。

＊

何かその動きはパントマイムめいている。

不自然なのだ。

不自然であろうとなんであろうと、とにかくロイドは、モニターから視線が外れないようにみんなを動かしていた。

そのままにしていると微妙にずれていくのだ。

しかし、その視線がモニターを見ているかどうかまではわからない。頭の向きを変えることはできても、見ることを強制することはできない。

そして今は、見る方向どころではない。

なぜかわからないが、四人が四人とも首に手をかけ、何かをもぎ取ろうとしている。

そうしながら、じりじりと前に進んでいく。

前に出るのを止めて押し返すのだが、一人を押し返している間に三人が前に出る。それを一人一人押し返していても無理がある。

ちょっとずつ四人は前へと進んでいた。

途中で智恵子が尻餅《しりもち》をついた。

その姿勢のまま、ずる、ずるっと前に進む。

ロイドは背後に回り、身体を抱えて後ろに引きずる。

その間によろよろと前に出た文華の腕を摑《つか》み、後ろに引っ張る。

すると双葉が前に出てくる。

それを押し返すと、王司が匍匐《ほふく》前進するように腹ばいで前に出てくる。

その足を引っ張ると――。

きりがない。

引きこもってから、それこそ箸《はし》より重いものを持ったことがないロイドだ。

汗だくでイタチごっこを続けているが、もう限界だった。

ロイドは時計を見た。

この四人はだいたい同時刻、午後十時ごろにはビデオを観終わったはず。それまで若干の余裕がある。記録されているビデオの映像部分の時間は四分四十八秒。開始してから――。

ロイドはビデオデッキの液晶画面を見た。経過時間が記されている。すでに三分近く経過していた。

「あと二分だ。二分間耐えるんだ！」

聞こえているのかどうかわからないが、ロイドは叫んだ。誰かに伝える以上に、自分自身への叱咤《しった》だった。

＊

ロイドの声は文華にも聞こえていた。

だが答える余裕はなかった。

首に絡みついた黒髪がゆっくりと絞まっていく。

何とか引き剝《は》がそうとするのだが、髪の上を指が滑るだけでなんともしようがない。
束となった黒髪にぐいぐいと引き寄せられていく。
その先にあるのは井戸だ。
井戸を挟んで貞子が髪を手繰り寄せている。
文華は足を強張らせ必死で抵抗する。まるで病院に連れていかれる犬のようだ。
抵抗の甲斐《かい》もなく、文華は一歩ずつじりじりと井戸へと近づいていった。
呪いは物理的な力を持っていないはずだ。だからこれは、自ら足を進めているのだ。
己にそう言い聞かせ、まるで呪詛《じゅそ》のように繰り返し念じる。
止まれ。止まれ。止まれ。止まれ。止まれ。止まれ。止まれ。止まれ。
黒髪の向こうに、貞子の眼が見えた。
凝視する視線が穢れた瘴気《しょうき》となって文華に叩《たた》きつけられた。
腐った吐息とともに耳元で囁《ささや》く声がした。
呪われよ、と。
いやだ。
喉を絞められながら文華は言った。
いやだ、いやだ、いやだ、絶対嫌だ!
文華は繰り返した。
絶対に嫌だ。私は死なない。

家族と一緒に家に帰るんだ。
なんとしてでも、家に——
少しずつ引き寄せられ、古井戸はもう目の前だった。
貞子の手が伸びた。
抱きかかえるように文華の後頭部を摑む。
押さえつけられる。
井戸の中へと押し込まれる。
文華は井戸の縁を摑み、渾身《こんしん》の力で貞子に抗《あらが》った。
暗く深い井戸の中からよどんだ水の臭いがした。
その井戸へ、頭が半ば押し込まれていた。

*

「前転しかけてる！」
ロイドは慌てて文華の前に回った。
文華は地面に手を突き、頭を下げている。
その頭を無理やり押し上げる。
しかし文華はぐいぐいと頭を下に押し下げてくる。
ロイドはちらりとモニターを観た。

そこには今目の前にある廃神社が映し出されていた。

王司の絶叫が聞こえた。

それに続いて双葉の、そして智恵子の悲鳴が。

「もう無理か……」

思わずロイドが呟《つぶや》いた。

「いやだあああ！」

叫んだのは文華だ。

同時にビデオが終わった。

文華の抵抗がふいに失《う》せた。

がば、と顔を上げる。

頭を押し上げようとしていたロイドは、勢い余って後ろに倒れそうになった。

風が止んでいた。

みんな、顔を上げている。

そして呆然《ぼうぜん》とした顔で、何も映っていないモニター画面を見つめていた。

「……二十四時間、過ぎた」

ロイドが呟く。

そして大声で叫んだ。

「みんな生きてる！」

わあああ、と歓声が上がった。

その場に座り込んでいた智恵子が、双葉に手を引かれ立ち上がった。

「ロイドさん」

横にいるロイドを見て、文華は微笑んだ。

「退屈なんか吹っ飛んだ」

安堵《あんど》の顔でロイドは言った。

「……助かった、助かったんだよね」

王司は隣にいた文華に尋ねる。

「はい。だから……タクシー代返してください」

王司は笑顔で「はい」と答えた。

# 零ノ零　新しい秩序《ニュー・オーダー》あるいは喜びの区画《ジョイ・ディビジョン》

大きな嵌《は》め殺しの窓を前に、野々花は立っていた。

文華が病室に入っていくと、野々花は振り返り、微笑んだ。

「今日はいい天気ですね。これを」

文華は白やピンク、赤のガーベラの花束を見せた。

ベッド脇のテーブルに花瓶が置かれてある。その横に花束を置き、花瓶を持って部屋を出た。給湯室で水を入れ戻ってくる。

テーブルに置いて、持ってきたガーベラを活《い》けた。

「いつもありがとう」

野々花はそう言うとベッドに腰掛けた。

「どうですか、お加減は」

「食欲もあるし、もう怖い夢を見ることもなくなりました。主治医が驚いてましたよ。この調子なら退院までひと月もかからないだろうって」

血色もいい。心からの笑顔が輝いて見える。

文華がここに通い始めてまだ十日も経っていない。驚くべき回復の早さだ。

「はい、完成。この程度で許してください」

未生流《みしょう》を齧《かじ》っただけだが、それなりに整っている。花一つでずいぶんと部屋の雰囲気が変わる。

「さあ、始めましょうか」

腕時計を見て文華は言った。

最初にここを訪れた時にはなかったものがあった。十五インチの液晶モニターが、窓に向けて置かれてある。入ってきた医療関係者が間違って観ないように、ドアに背を向けているのだ。その横にプラスチックの小箱があった。文華は箱の蓋《ふた》を開き、中から小さなメモリーカードを取り出した。それをモニターの横のスリットに差しこむ。ファイル形式さえ合わせれば、動画ファイルを直接視聴可能なモニターだ。

最初はモニターを置くことにすら激しい抵抗があった。文華は病院に頼み、モニターを倉庫で預かってもらい、来院するごとにここまで運んで来ていた。置いたままでも大丈夫になったのは五日後。三日前のことだ。

モニターの前に来客用の椅子を置く。

「座ってもらえますか」

野々花は頷《うなず》き、ベッドから下りて椅子に腰を下ろした。その顔から笑みが消えた。緊張しているのだ。肘《ひじ》置きをしっかりと握り締めている。

その後ろに回って、文華は言った。

「再生します」

リモコンをモニターに向け再生ボタンを押した。

あの映像が始まった。

井戸の中だ。

文華は優しく野々花の肩に手を置いた。

映像は五分足らずで終わった。

文華はモニターの電源を落とした。

野々花の息をつく音が聞こえた。まるでずっと息を止めていたかのようだった。

「どうですか」

文華は訊《たず》ねた。

「苦痛ね。でも以前ほどじゃない。もうちょっとしたら笑いながら観られるかもね」

野々花は振り返り、文華の顔を見て笑った。

野々花のように、呪いのビデオの一部を観た。あるいは音だけ聞いた。場合によっては誰かが観ているその場にいた。それだけのことでビデオとかかわって、絶命はしなかったが後遺症に悩んでいる人間は一定数いる。幻覚幻聴やその他の超常的なあれこれに見舞われるのだ。野々花のように精神の均衡を失う人も多い。

感電ロイドもその一人だった。あの状況の中でちらちらとモニターを観ていたのだ。全部を観たわけではない。だから大丈夫ではないかと判断して二十四時間後まで何もしなかったら、井戸で溺《おぼ》れる悪夢や、白衣の何者かがあらゆるところに現れる幻覚などを見るようになり、精神と身体の不調が始まった。間違いなく貞子の呪いのせいだと判断したロイドは、再度きちんと観直せば呪いはリセットされるのではないかと考え、実行した。そして成功した。悪夢も幻覚も消え、心の平安を取り戻せた。ただしほかの呪いの感染者たちと同じく、二十四時間に一度映像を見なければならなくなったが、それまでの酷《ひど》い状況とは比べ物にならない。ロイドにとっては一日三度の服薬と大差ない。

その話を聞いた文華は、野々花でそれを試したのだ。当人に一応の許可をとったが、理解できたうえでの許可とは思えない。最初は激しい抵抗にあった。自分でも、今やっていることはケンシンのした人体実験と変わらないのではないか、と思ったりもした。しかし、あの悍《おぞ》ましい呪いに支配された状態から脱却できる可能性がわずかでもあるのなら、やるべきだと決意した。たとえ双葉や智恵子がこんな状態になったとしても、文華は同じことを試してみただろう。

主治医の許可も得ている。というか主治医は呪いの存在そのものを未《いま》だに信じていなかった。したがって症状が悪化しない限り、主治医にとってそれはただビデオを観ているだけに過ぎない。止める意味もない。

結果的には大成功だった。

みるみる野々花は日常を取り戻していった。その日常には呪いも組み込まれてはいるのだが。

これもまた迷ったのだが、兄である顕真の死をどう伝えるのか。あるいは伝えないのか。結局文華には嘘をつくことも黙っていることもできなかった。知っていることを知っているままに伝えた。野々花は兄の死を淡々と受け入れたようだった。少なくとも文華の前では。

叔母《おば》の米沢も見舞いに来ている。そして愛《いと》しい姪《めい》が笑顔を取り戻しているのを知り、文華のところに泣きながら感謝を述べる電話を掛けてきた。それから何度も見舞いに来た報告を受けている。米沢の知る野々花に戻りつつある。それが叔母の感想だ。

文華は笑顔の野々花に見送られて病室を出た。

これから実家に戻り、夕食後はみんなでビデオ鑑賞の時間だ。

＊

一条家のリビングでは、文華と双葉の姉妹がテレビの前に座って待機していた。

「お母さん時間だよ」

双葉が呼んだ。

「はいはい、ちょっと待って」

台所で洗い物をしながら智恵子は言った。

「待ってたら呪い殺されちゃうよ」

双葉が急《せ》かす。

文華は自分のタブレットを見ていた。

「王司さんもロイドさんも今日は遅いなあ」

「お母さん！」

双葉が焦《じ》れてまた呼んだ。

「はいはい」

言いながら智恵子もテレビの前にやってきた。

＊

仄暗《ほのぐら》い廊下。

ロイドの部屋の前には棚がある。毎日三度三度、母親は決して食べられることのない食事を作り続けてきた。その夜も、廊下の明かり以上に暗い顔で、お膳《ぜん》を手にした。

「ご飯さげるね」

すっかり儀式的になった言葉を投げかけ、踵《きびす》を返す。いつもならこの下に、買ってきてもらったレトルト食品のゴミがまとめて置かれてあるのだが、今日はなかった。夕食を食べなかったのだろうか。

後ろで錠が開く音がした。

空耳か、と思いながら振り返ると、そこにロイドが立っていた。

目が合った。

「あ……いつも、アリガトウ。ええと、それ、いただきます」

手を伸ばし、母親の持ったお膳を手にした。母親は恐る恐る盆から手を離した。お膳はロイドの手に渡った。

「うそ……うそでしょ。なんてこと」

それ以上喋《しゃべ》ることができない。

嗚咽《おえつ》とはこのことだという、噛《か》み殺した泣き声が漏れる。

「や、やめてよ」

消え入りそうな声でロイドは言った。

「……そうよね。ごめんなさい。嬉《うれ》しくて、つい。お父さんが戻ったら報告しなくちゃ」

「お父さんには嫌われてるから」

「……似たもの親子だねえ」

洟《はな》をすすりながら母親は言った。

「お父さんが全く同じこと言ってたわよ。俺は息子に嫌われてる、って」

えっ、とロイドは怪訝《けげん》な顔で母親を見た。

「お父さんはいつもそう言って嘆いていたわ。だから声も掛けることができなくて、それでもどうしようどうしようってずっと悩んでて、最近じゃあ自分が死んだときのこと、ほら、終活っていうの？　おまえが引きこもったままでも困らないように投資だのなんだので、とにかく生活に困らないようにしなくちゃって――」

玄関チャイムが鳴った。

「あら、お父さんが帰ってきた。お父さん、お父さん、たかしが部屋を出てきたのよ。それでご飯を――」

階段を駆け下りながら、母親はずっと喋り続けていた。

消えた母親に代わって、廊下に白い影が立っている。汚れた白いワンピースを着た母親だ。

ロイドは部屋に戻り慌てて扉を閉めた。

後ろ手に鍵を掛ける。

「確かに、僕も世界も変わったんだ。良い意味でも悪い意味でも」

独り言を言いながら、三面の巨大モニターに囲まれたゲーミングチェアに腰を下ろした。

通信ソフトを立ち上げる。

いつものメンバー。ロイドの唯一のリアルな友人の家族がモニターに映っていた。

猫顔に加工した彼自身の姿もそこに映っていた。

「やあ」

――あっ、ロイドさん。いらっしゃい。

文華が笑顔で迎えた。

＊

『リサイクル・ショッププリンス』の撮影用ブースで、王司はロココ調の装飾過多な椅子にポーズをつけて座っていた。

その正面に三脚に載ったタブレットPCが置かれてある。テレビ電話で恋愛相談中なのだ。

タブレットの液晶画面には若い女性が映っていた。大小合わせて様々な形状のピアスが耳鼻口角唇頰舌に突き刺さり、首には喉《のど》から耳へと這《は》い上がろうとしているトカゲのタトゥーが入っている。

――私、愛が欲しいんです。ただそれだけなのに……。

「大丈夫、きっと君のことを気にしている人がいるから」

王司が芝居がかったポーズをとって言った。突っ込む人間がいないので、あまりにも過剰で、半分ギャグに見えた。

――でも、みんな私から逃げてる気がするし。

ピアスの女は不安そうにそう言った。

「大丈夫。ここにいるよ」

王司は人差し指で鼻の下をこすり、精一杯のキメ顔で言った。

「君のことが気になっている男が」

王司が凄《すご》いのは、この一言を本気で言っているところだ。だから相手も、どんなに浮いた白々しい台詞《せりふ》であろうと、嘘だと断定はできない。

彼女にしてもそうだ。

——本当に！

頰の内側で炎が灯《とも》ったように、青白かった頰が紅潮する。ピアスまでが輝いたように見えた。

「もちろん本当さ。だから」

王司は壁に掛けたデジタル時計をちらりと見た。

うっ、と言葉が詰まる。

「わあっ、時間がない！　ごめん、切るね」

——ちょっと待って、嘘つき！

鬼の形相で女は言った。

王司を擁護するわけではないが、嘘つきではない。気が変わりやすいだけだ。その場その場では本気の発言だ。一瞬しか保《も》たないけれど。

そして王司は慌ててモニターとビデオデッキの電源を入れた。

「危ない危ない」

独り言を言いながら、タブレットがくっついた三脚を近くに運んできた。

通信アプリを立ち上げた。文華の顔とロイドの猫顔が現れた。

——兄さん、人生諦《あきら》めたんじゃないの？

——遅いですよ。今度遅れたら勝手に始めますからね。

「ごめんお願い一人にしないで。一人で観なきゃいけない人の気持ちをわかってくださいよ。ね、チャトラン」

その声をきっかけに、猫の加工がパッと消えた。素顔がそのまま映し出されている。

生命感のない、美しい顔だった。

毛穴のないCG画像のようにも見えた。

「あ、チャトラン、顔映っちゃってるよ」

——僕ももう一歩踏み出そうかと思ってね。外の方が退屈しないみたいだし。

——良いと思います。

文華が笑みを浮かべた。

「いやー、なんかイメージ違うなあ」

——勝手なこと言わないでよ、前田兄さん。

「あれ、もしかして照れてる？　顔出し恥ずかしい？　もうロイド可愛いんだから」

王司がからかう。

それは聞き流してロイドは言った。

——前田兄さん、カレー送ってくれてありがとう。賞味期限ギリギリの。

「気にしないで。家にいっぱいあるから」

王司に皮肉は通じない。

——あら、意外とハンサムじゃない。

智恵子が後ろから覗《のぞ》き込んで言った。

——ハンサムって久々に聞いた。

双葉が言う。

——どうして感電ロイドなの。本名？

訊《たず》ねたのは智恵子だ。すかさず双葉が「本名のわけないじゃん」と突っ込む。

——はは、これは『メトロイドプライムハンターズ』に出てくる人工生命体のバウンティハンター〈カンデン〉のことなんです。メトロイドプライムハンターズは小学生の時初めてネットゲームに参加した思い出のゲームで、もともと〈カンデン＝メトロイド〉っていうアカウント名で参加してたんですけど、長ったらしいのでカンデンロイドになって、最後カンデンを漢字に変えて今の感電ロイドになりました。

——すみません。母は理解不能だったようで逃げました。

文華が謝った。

逃げてません、と背後から声だけ聞こえた。

＊

智恵子はキッチン前のダイニングにいる白い服を着た義行（に擬態した貞子）にホットレモンを勧めている。

「ホットレモンどうぞ。毎日こうしてお父さんに会えるんだね。今度は悔いのないように気配りするからね」

「お母さん、やめてよ。それお父さんじゃないから」

そう言ったのは双葉だ。

「お母さんにとっては、お父さんそのものなのかもよ」

文華が言った。

貞子は生者も死者も区別なく擬態する。

なかなか会えない遠方の人。絶対に会えない彼岸の人。そんな人と出会い、不義理を詫《わ》び、言い残したこと、し損ねたことを成就させる。新しい風習となった貞子を迎えるこの儀式は、もしかしたら多くの人の救いになっているのではないか。

もともと楽観主義者《オプティミスト》の文華は、日常に引き入れられた貞子の呪詛《じゅそ》をそのように考えていた。だからと言って呪いで死ぬことを恐れていないわけではない。

「みなさーん、あと五分で十時になりまーす」

口調はふざけているがその目は真剣だ。

「じゃあ始めましょっか」

双葉が言った。

「ご、よん、さん、に、いち、ゼロ！」

双葉が大声でカウントダウンして、再生のボタンを押した。

＊

「あっ、ちょっと待って。わあ、巻き戻すの忘れてたよぉ」

王司が情けない声を上げた。

いつの間にか貞子が部屋の隅にいた。

「来てます。来てます。巻き戻し巻き戻し！」

巻き戻しのボタンを押した。

しゅるしゅるしゅると慌ただしい音をたててテープを巻き戻している。

冷や汗がたらたらと流れた。

――ルーズな生活は、命取りですよ。

文華が言った。

「そんなこと言われても」

また泣き出しそうな声を上げた。

――ネットに拡散された動画ありますよ。検索で一発で出てきます。

文華が言った。

――そうそう、僕もそれで観てるから。焦らない焦らない。

これはロイド。

「ありがとう、皆さま。じゃ、観終わったらまたかけるから」

そう言ってポケットからスマホを出した王司は、その画面を見て、ひっ、と悲鳴を上げた。

「なぁー！　バッテリーが！」

＊

スマホを手に、ロイドは呪いの映像を再生した。

「ちょっと今日は時間がぎりぎりかな」

言ったロイドに、ぽたりと水滴が落ちた。

怪訝《けげん》な顔でロイドは上を見る。

天井に水滴がびっしりとついている。

「これか！　天井から落ちてくるの？　貞子が？　ちょっと見ものかな」

ぐしゃ、と背後で湿った音がした。

「来た来た」

ひどく嬉《うれ》しそうな顔でロイドは言った。

＊

ファミリーレストランの片隅で、三人の女子高生がスマホの画面に映る呪いの動画に見入っている。時折楽しそうな笑い声が聞こえる。

＊

学校から帰ってきた息子に、こっちこっちと手招きして、主婦はリビングの大きなモニターを前に座っている。テーブルにはポテトチップスとコーラが二人前。すぐに呪いの映像が始まった。

「お父さんは？」

「会社で見てるんじゃない？」

＊

照明を半分落とした薄暗い社内で、ＰＣを前に中年のサラリーマンは呪いの映像を検索していた。

呪いの映像鑑賞は会社からも許可されていた。昼間に観始めた者たちのための視聴ルームも設けられている。

動画共有サイトがヒットした。

呪いの映像を観始める。

ついあくびが漏れた。

これを観た後は明日《あした》のプレゼンの準備が控えている。

＊

夜の公園のベンチで若い男がスマホを見ている。映っているのは呪いの映像だ。男はスマホ越しにちらちらと遠くを見て涙を流していた。

彼にはぎこちなく近づいてくる女性の姿が見えている。

ひなた……。

事故で亡くした恋人の名を呟《つぶや》いた。

＊

少女は落書きされた教科書を開いてじっと見つめている。左手首に幾筋もの傷痕《きずあと》が走っていた。

時折時計を見る。

「ああ、やっと来たんだ。わかってるよ。あなたは私を助けてはくれなかったけど、そんなことはどうでもいいや。あなたに迎えに来てもらって、それだけで幸せだよ」

何かを抱きしめるように両手を前に出した。

＊

正確な人数はわからないが、現在、世界人口の七分の一あまりが貞子の呪いに感染している。WHOがS－DXⅡ型と名付けた呪いの増殖は終息する気配を見せない。今のところこの呪いの治療法はたった一つ。日々継続して呪いを摂取しつづけること。つまり今、全世界の七分の一の人間に関しては、一日二十四時間の生活の内に、必ず呪われた貞子の映像を観る数分間が含まれているわけだ。

映像はビデオだけではなく、映像ファイルとして世界中にばら撒《ま》かれていた。ある意味貞子の恨みは晴らされたと言えるのではないだろうか。世界中に拡散した動画は、故意に、あるいは手違いで、様々な新種を生み出していくだろう。その間に呪いの映像はもしかして弱毒化されていくかもしれない。あるいは映像にあらかじめ免疫を持った人が誕生するかもしれない。逆に、より強い呪いとなって世界を滅ぼすかもしれない。呪いの力でこの世がこれからどうなるのかは誰にもわからない。が、しかしこれだけは間違いない。

思想でも新しい大発明でも大災害や戦争でもなく、呪いを中心に、世界は新しい秩序を生みだそうとしているのだ。

そしてそれがどのような世界であろうと、私は、私たちは、その世界を生き抜かねばならない。大切なものを守るために。

一条文華著『呪的世界を生き延びる』より引用

## 引用・参考文献

『金子みすゞ童謡集』金子みすゞ　ハルキ文庫　1998年
『尾形亀之助詩集』尾形亀之助　現代詩文庫　1975年
『ランボー詩集』ランボー　（堀口大學 訳）白凰社　1968年
『悪の華』ボードレール　（堀口大學 訳）　新潮文庫　2002年

本書は、映画『貞子DX』の脚本をもとに書き下ろされたノベライズです。実在の人物・団体・事件とは一切関係ありません。

貞子《さだこ》ＤＸ《ディーエツクス》

鈴木光司《すずきこうじ》　世界観監修

高橋悠也《たかはしゆうや》　脚本

牧野《まきの》　修《おさむ》

角川ホラー文庫　23340

令和４年９月25日　初版発行

発行者――堀内大示

発　行――株式会社KADOKAWA

〒102-8177　東京都千代田区富士見2-13-3

電話 0570-002-301（ナビダイヤル）

印刷所――株式会社暁印刷

製本所――本間製本株式会社

装幀者――田島照久





●お問い合わせ

https://www.kadokawa.co.jp/ （「お問い合わせ」へお進みください）

※内容によっては、お答えできない場合があります。

※サポートは日本国内のみとさせていただきます。

※Japanese text only





ISBN978-4-04-112745-2　C0193

◇◇◇